Le Royaume des Loups

Dans l'ombre de la meute

Les Confins

LE
PAR-DELÀ

Grotte
des Origines

Territoire
MacDonegal

Forêt de Givre

Tanière d'hiver de
Cœur-de-Tonnerre et de Faolan

Tanière d'été
Cœur-de-Tonnerre e

N

Lacs Salés

OCÉAN
D'IMMENSITÉ

ROYAUMES
HOOLIENS

Territoire
MacHeath

Territoire
MacDuncan

Territoire
MacAngus

Lieu où Faolan
a été trouvé

Cercle des
Volcans Sacrés

Grotte
de la Sark

Territoire
MacDuff

de
de Faolan

Forge de Gwynneth

Territoire
MacNab

Lacs Salés

Forêt des
Ombres

Kathryn Lasky

Le Royaume des Loups

Dans l'ombre de la meute

Traduit de l'anglais (États-Unis)
par Cécile Moran

POCKET JEUNESSE
PKJ·

L'auteur

Kathryn Lasky a écrit de nombreux ouvrages, dont la série best-seller *Les Gardiens de Ga'Hoole*. Elle a reçu comme prix le National Jewish Book Award, le ALA Best Book for Young Adults, le Horn Book Award délivré par le *Boston Globe* et le Children's Book Guild Award du *Washington Post*. Fruit d'une collaboration avec son mari, *Sugaring Time*, un essai, a été récompensé d'un Newbery Honor.

Kathryn Lasky et son mari vivent à Cambridge, dans le Massachusetts.

Titre original
WOLVES OF THE BEYOND
2. Shadow Wolf

Publié pour la première fois en 2010 par Scholastic Inc., New York. Contribution : Kidi Bebey.

Loi n° 49 956 du 16 juillet 1949 sur les publications destinées à la jeunesse : février 2019.

© 2011, 2019, éditions Pocket Jeunesse,
département d'Univers Poche,
pour la traduction française et la présente édition.

ISBN 978-2-266-29390-7
Dépôt légal : février 2019

Pour Mary Alice Kier et Anna Cottle –
les Fengo de ma Ronde

K. L.

Au plus noir de la nuit

En cette fin d'été, les parfums de l'herbe, des fougères et des champignons, mêlés à celui des cendres, embaumaient l'air. Les effluves se déversaient sur Faolan comme une rivière, réveillant des souvenirs perdus. « Je sens ma meute, la meute de l'Éboulis de l'Est. Je flaire mon clan, les MacDuncan. » Cela le rassurait. Enfin, il était chez lui.

L'odeur d'un loup changeait en fonction de la saison et de ce qu'il avait mangé. Mais sous ces nuances légères persistait une senteur éventuelle : celle de sa meute. Dans son sommeil, Faolan s'emmitouflait dans ces émanations familières comme dans une couverture, en sûreté et au chaud. L'odorat le reliait fortement à son clan.

Pourtant Faolan ne dormait pas dans une tanière, enveloppé par le souffle tiède et humide de ses compagnons. Son rôle de croc-pointu le condamnait à rôder aux frontières de leur territoire. Il était isolé, loin des autres. Il avait dû se débrouiller seul pour trouver un abri, tandis que le reste de la meute se partageait deux tanières sur le mont Bossu.

Il frissonna. Ses rêves étaient hantés par des horreurs plus noires que la nuit sans lune. De sombres souvenirs le tourmentaient. Des flammes s'élevaient tout à coup dans l'obscurité. « Réveille-toi ! Réveille-toi ! » Plusieurs meutes, appartenant à différents clans, le pourchassaient, déterminées à le pousser vers un piège de flammes. Tout ça à cause de sa patte tordue ! Il sentit la chaleur du feu lorsqu'il bondit par-dessus le mur de flammes, très haut, vers le soleil.

Sa patte heurta le plafond de la minuscule tanière qu'il s'était creusée. Une pluie de fine poussière tomba sur lui, et il finit par sortir de son cauchemar. Il tenta de se mettre debout à l'intérieur du trou exigu. C'était seulement au plus profond des nuits de nouvelle lune que ces terreurs le prenaient. Ces fois-là, les loups hurlaient rarement, et il semblait à Faolan que le silence ne faisait qu'augmenter sa peur.

CHAPITRE UN

LA LUNE DU CARIBOU

Aux premiers jours de l'automne, quand le croissant de lune rappelait la courbe délicate de leurs bois, les hordes de caribous migraient vers le sud. D'abord les mères avec leurs petits, puis les mâles. Les loups suivaient de près les débuts de la migration, à la recherche de femelles caribous âgées ou de jeunes chétifs : le code de la chasse leur interdisait de tuer des petits en bonne santé. La véritable traque ne commençait qu'avec l'arrivée des mâles.

Ce matin-là, au moment où le soleil apparaissait à l'horizon, un hurlement monta dans le ciel. Greer, la *skreeleen* de la meute du Fleuve, convoquait les autres MacDuncan. La piste d'un élan mâle venait d'être découverte près du fleuve.

Les mâles pouvaient être imprévisibles et assez agiles, malgré leur corpulence impressionnante. Il fallait être nombreux pour les abattre. C'était dangereux, surtout à cette époque de l'année, celle de l'accouplement chez les élans. Même la seconde mère de lait de Faolan, une ourse grizzly, se méfiait de ces animaux pendant la Lune du Caribou.

Faolan entendait le vacarme du *gaddergludder*, le ralliement qui précède la chasse au gros gibier. Un désir ardent brûlait en lui, il se mit à trépigner.

Il tenait enfin une chance de faire ses preuves. Il voulait chasser avec la meute. Il y avait tant de règles et d'usages à connaître ! Les clans employaient un vocabulaire riche et compliqué aux yeux de Faolan, qui n'avait pas vécu en clan pendant toute la première année de sa vie. À cause de sa patte courbée, on l'avait déclaré *malcadh* à la naissance – maudit. La louve Obea l'avait conduit loin des siens et abandonné selon les ordres. Faolan avait frôlé la mort. Il ne devait sa survie qu'à sa mère adoptive, Cœur-de-Tonnerre, la femelle grizzly qui l'avait tiré des eaux du fleuve où il se noyait. Pendant presque un an, il avait partagé sa vie et sa tanière. Et puis, à la fin de l'hiver, elle était morte dans un tremblement de terre.

Pendant des mois, Faolan avait mené une existence solitaire. Enfin, moins d'un cycle lunaire avant la Lune du Caribou, il était retourné auprès des loups. « Retourné » n'était peut-être pas le mot juste, car il n'avait pas vécu assez longtemps parmi eux pour vraiment appartenir à la grande famille des MacDuncan. On ne cessait d'ailleurs de le lui rappeler à chaque instant, chaque jour que Lupus faisait. Même les louveteaux se moquaient constamment de lui.

— Dis le mot « caribou », Faolan ! ordonnaient-ils.

Sitôt qu'il obéissait, ils poussaient des petits glapissements joyeux.

— Il parle comme un ours ! Vous ne trouvez pas ?

Ils pouvaient le taquiner autant qu'ils le voulaient : les crocs-pointus comme lui, les loups les plus bas dans la hiérarchie des clans, supportaient tout.

Lord Bhreac, le chef de la meute, s'approcha de lui, accompagné de ses lieutenants. Vite, Faolan adopta la posture de soumission, obligatoire face à des supérieurs. Avant que son ventre ait touché le sol, il reçut un coup sec dans le flanc.

« Je n'ai pas été assez rapide », se dit-il.

C'était le lieutenant Flint qui l'avait frappé. Ce dernier s'apprêtait à saisir le museau de Faolan entre ses dents – une des brimades les plus humiliantes et les plus douloureuses qu'on puisse infliger à un croc-pointu –, quand Bhreac intervint.

13

— Ne gaspille pas ton énergie, Flint, aboyat-il. Laisse-le tranquille. Tu dois garder tes forces pour la chasse.

« Et moi ? pensa Faolan. Bhreac ne me dit rien ? »

Il se sentait invisible aux yeux du chef. Pour se consoler, il imagina le jour où, après l'avoir vu courir à la chasse, l'attitude des MacDuncan à son égard changerait.

Faolan les suivit docilement. Au bout de quelques pas, Bhreac se retourna, voulant s'assurer que le croc-pointu avançait bien la tête basse et la queue entre les pattes, comme il convenait à son rang.

— Rappelle-toi. Il y aura d'énormes os à ronger. Nous verrons si tu as retenu tes leçons.

« Ronger, d'accord, mais chasser ? » s'interrogeait Faolan. Il en avait assez de mordiller des os dont les loups de rang supérieur avaient déjà pris toute la viande. Ils verraient enfin de quoi il était capable quand il rejoindrait le *byrrgis*, la troupe de chasse des loups du Par-Delà.

On racontait que les femelles étaient les plus rapides. « Mais elles ne courent pas aussi vite que moi », pensa Faolan. Et qui d'autre savait marcher sur ses pattes arrière ? Cœur-de-Tonnerre lui avait appris à avancer debout. Il n'avait pas encore eu l'occasion de faire une démonstration. Il n'était pas sûr que ce serait utile dans un byrrgis, mais il était convaincu que, devant ses talents, les autres loups tomberaient à la renverse !

Tout le monde brutalisait les crocs-pointus. Anciens louveteaux malcadhs, on craignait leur mauvais sang. On aurait dit que le clan cherchait à se nettoyer de cette souillure en les maltraitant. On exigeait aussi beaucoup d'eux. Ils devaient apprendre à se servir de leurs crocs pour graver les os, avec une adresse et une délicatesse qu'aucun loup ordinaire n'égalait. Ils consignaient ainsi les chroniques de la vie du clan.

Tandis qu'il trottinait derrière Lord Bhreac, Faolan aperçut une louve au ventre rond.

— Cette femelle est grosse, commenta Bhreac. C'est anormal pour la saison, n'est-ce pas, Flint ?

— En effet, elle est en retard. Et souvent les louves qui portent des petits aussi tard dans l'année les mettent au monde trop tôt. Espérons qu'elle ne fuie pas de peur qu'il ne soit maudit.

Faolan traîna un peu la patte, observant la louve. Sa nervosité se lisait dans son regard. Une autre femelle, suivie de ses deux louveteaux, bifurqua afin de l'éviter. Alors qu'un des petits avançait dans sa direction, sa mère lui flanqua un coup sec du revers de la patte et gronda :

— Ne t'approche pas d'elle !

Faolan eut pitié de la louve. À la façon dont elle penchait la tête, il comprit qu'elle avait entendu. Ce serait très étonnant qu'elle n'aille pas se cacher très loin, *by-lang*, avant de donner naissance à son petit. « Ils le considèrent déjà comme maudit, se dit Faolan. Un malcadh. Comme moi. Je suis né malcadh et le resterai toujours ! »

Sa mère était-elle allée by-lang ? Avait-elle tenté de le protéger contre les lois du clan ?

CHAPITRE DEUX

DÉFIER L'ORDRE

À l'approche du Brûlis, où une trentaine de loups de diverses meutes s'étaient rassemblés pour le gaddergludder, Faolan sentit les regards se poser sur lui. Des murmures étonnés se faisaient entendre ici et là.

— Il est trop gros pour un croc-pointu.

— Trop bien nourri.

— Il doit chaparder de la viande après la chasse au lieu d'attendre son tour.

— Non, personne ne permettrait que…

— Il est juste fort, c'est tout…

— Viens par ici, ordonna Lord Bhreac. Heep va te donner une leçon. C'est un croc-pointu modèle !

Sans doute Faolan avait-il beaucoup à apprendre de Heep. Il ne se montrait pas suffisamment modeste. C'était comme si ses genoux refusaient de se plier ; ses épaules, de se baisser.

Son ventre ne semblait pas vouloir toucher le sol, et il détestait frotter son visage par terre.

Il trottina pourtant jusqu'au sommet du Brûlis et repéra un loup jaune et sans queue qui se tortillait dans la poussière.

Alors voilà ce qu'on attendait d'un croc-pointu modèle ! Faolan en eut la nausée. Heep enfonçait si profondément sa truffe dans la terre sèche que c'était à se demander comment il respirait. Il faisait rouler ses yeux jaunes d'un air pitoyable et glissait des regards en coin de temps à autre pour voir qui l'observait. Son arrière-train était secoué de mouvements nerveux, comme s'il essayait de rentrer une queue invisible entre ses pattes.

Malgré son dégoût, Faolan pensa qu'il aurait tout intérêt à lui demander quelques renseignements.

Il s'agenouilla près de Heep.

— Quand pourrons-nous nous joindre au chant ?

— Quoi ? répondit le loup jaune d'une voix râpeuse.

— J'ai dit : quand pourrons-nous…

— J'ai entendu, croc-pointu. Je suis seulement surpris ! Tu ne sais rien, n'est-ce pas ?

— C'était juste une question. Je n'ai pas encore tout appris.

— Si tu continues comme ça, tu n'apprendras jamais rien, marmonna Heep. Les crocs-pointus ne hurlent pas dans les gaddergludders. Ils ne hurlent jamais, d'ailleurs.

Faolan comprit que le sujet était clos. Il tenta sa chance à propos de la chasse.

— Peux-tu m'en dire plus sur le byrrgis ? J'ai beaucoup de force. Je peux courir longtemps et vite.

Heep leva son museau sale et lui jeta un regard méprisant.

— Et qu'est-ce que ça change ?

— Comment ça ?

Lord Claren passa devant eux. Il s'arrêta brièvement face à Heep. Sa présence encouragea ce dernier à gesticuler de plus belle.

— Je suis si heureux de pouvoir servir à mon humble manière. Si heureux de permettre aux loups nobles, au capitaine et aux sergents du byrrgis, de m'employer comme renifleur. J'ai l'impression de participer à mon modeste niveau à la gloire du byrrgis.

« Renifleur ! De quoi parle-t-il ? » se dit Faolan, qui sentait son excitation diminuer.

Heep lui jeta un regard.

— Oui, voilà notre tâche, murmura-t-il. Nous devons renifler les excréments des animaux traqués. Rien de plus. On ne court pas, on ne participe pas à la mise à mort – on renifle.

Voyant que Lord Claren hochait la tête, approuvant son explication, il ajouta :

— Et sachez, Lord Claren, que je trouverais tout à fait naturel que vous m'évitiez pendant quelque temps après cela. Les crocs-pointus prennent une odeur désagréable quand ils s'acquittent correctement de leur devoir. Cependant, je suis si heureux de la chance qui m'est donnée de pouvoir vous servir que ce sera pour moi le plus doux des parfums.

Lord Claren s'éloigna. Faolan attendit qu'il soit hors de portée de voix pour reprendre la conversation.

— Heep ?

— Quoi, croc-pointu ?

— Tu ne peux pas m'appeler par mon nom, Faolan ?

— Tu n'as pas mérité ce nom, répliqua Heep en pinçant les narines.

— C'est ma deuxième mère de lait qui me l'a donné.

— Oh ! Cette ourse ! Laisse-moi t'expliquer une chose, petit. Les malcadhs n'ont pas de mère de lait – ni une, ni deux, ni trois. Ceux qui prétendent le contraire sont des imposteurs. Chaque fois que tu parles de cette ourse, tu étales ta bêtise et ton arrogance.

Faolan s'avança vers Heep en grondant. Surpris, celui-ci recula. Son ancienneté lui conférait un rang supérieur, et il ne s'attendait pas à ce genre de réaction de la part du nouveau.

— Urskadamus ! marmonna Faolan – c'était un vieux juron ours que Cœur-de-Tonnerre lui avait appris.

Il entendit quelques louves rire doucement, mais il ne leur prêta aucune attention et se détourna du croc-pointu.

Une jeune femelle l'observait depuis un moment à distance. Elle était de couleur fauve, et sans doute du même âge que lui. Elle l'étudiait avec curiosité. Faolan ne pouvait lui rendre son regard : ce serait considéré comme un affront de la part d'un croc-pointu. Toutefois, du coin de l'œil, il constata qu'elle s'approchait prudemment. Il s'aplatit au sol, coucha les oreilles et fit son possible pour se dévisser le cou et enfouir sa truffe dans la terre.

— C'est difficile pour toi, n'est-ce pas ? demanda-t-elle d'une voix douce. Tu n'arrives pas à faire semblant ? Pas comme Heep.

— Pas comme Heep, non. Personne ne peut y arriver aussi bien que Heep. Il ressemble à peine à un loup.

— Peut-être, mais tu dois essayer. C'est facile comparé à…

— Comparé à quoi ?

— Chut ! Le voici.

Heep les rejoignit en se traînant à plat ventre.

— Oh, c'est un tel honneur pour nous qu'une jeune louve fière et noble daigne nous adresser la parole, une femelle si talentueuse, membre du Carreg Gaer du vénéré Duncan MacDuncan...

« Du Carreg Gaer ! Alors elle appartient à la meute du chef ! » pensa Faolan. Que faisait-elle ici ? Elle paraissait gênée par les simagrées de Heep. Dès que le dernier appel de la skreeleen retentit, elle s'empressa de regagner le gadder-gludder.

Un byrrgis comporte toujours deux flancs opposés – est et ouest, ou nord et sud. Faolan fut assigné au flanc est de la troupe. Il était consi-déré comme inférieur à cause d'une ancienne superstition. Heep prit le côté ouest. Ensemble, ils formaient la dernière ligne du groupe de trente-deux loups qui composait ce jour-là le byrrgis.

Les loups se déployaient sur plus de deux kilo-mètres, le long d'une pente raide. Faolan avait l'impression de progresser avec une lenteur exas-pérante. Mais il savait qu'il ne devait en aucun cas quitter sa position. Un premier tas d'excré-ments apparut. Il s'empressa de le flairer, et se dirigeait vers le sous-lieutenant Donegal pour rendre ses conclusions quand Heep lui coupa le chemin.

— C'est à moi de faire le rapport.

— Mais pourquoi ? Chacun son côté. Et puis ta truffe est toute sèche, le sous-lieutenant risque de trouver ça bizarre.

Le loup jaune s'éloigna, l'air contrarié et le regard menaçant.

Les deux crocs-pointus furent les derniers à atteindre le sommet de la pente. De là-haut, ils purent contempler le byrrgis dans la plaine. Les premières lignes accélérèrent, passant de l'allure « patte cadencée » au pas de charge. Ce fut comme si une onde parcourait les trente-deux loups. Ils travaillaient en parfaite harmonie, leur conscience et leurs muscles ne faisant qu'un. Ils n'avaient pas besoin de penser, ni de communiquer par des aboiements ; les esprits à l'unisson, ils filaient entre ciel et terre telle une traînée nuageuse à l'horizon.

Faolan cligna des yeux en voyant la jeune louve fauve passer comme un éclair à côté d'un rabatteur. Tant que la proie était hors de portée d'une attaque immédiate, les rabatteurs restaient en retrait. Dès que le loup en pointe estimait qu'elle commençait à se fatiguer, ils s'élançaient.

Comme Faolan enviait la louve du Carreg Gaer ! Il contempla avec jalousie ses muscles tendus, son cou démesurément long, et les filets de bave qui dégoulinaient de ses babines. Pourtant ses mouvements fluides ne donnaient pas l'impression de l'effort. Faolan voulait participer lui aussi. Il s'en sentait capable. Après tout, il avait abattu un caribou sans l'aide de personne quelques lunes avant.

Il hésitait à charger. Le flanc est, après s'être resserré en une unité compacte, augmenta subitement sa vitesse. Personne ne s'en rendrait compte, si Faolan accélérait aussi et se joignait au flot vivant. Ses pattes arrière soulevèrent un tourbillon de poussière quand il bondit en avant.

Quelques secondes plus tard, une sorte de signal passa, et il sentit la pression des loups s'accentuer autour de lui. Il devenait l'un d'eux ! Il eut la sensation de fusionner avec le byrrgis, de mêler les battements de son cœur à ceux de ses compagnons. Un profond frisson le secoua de la tête à la pointe de la queue.

Il sentit un changement de direction. L'élan qu'ils traquaient venait de virer au nord. Il les entraînait vers un terrain rocailleux, traversé par un labyrinthe de ravines où il pourrait s'échapper. Faolan accéléra encore de façon fulgurante, submergé par l'excitation. Il pouvait arrêter ce mâle en quelques secondes ! Il se détacha du groupe et se jeta en avant afin de prendre la proie de vitesse.

Heep remarqua un sillage de poussière. « Au nom de Lupus, que... ? » Il se décala un peu de sa position pour avoir une meilleure vue d'ensemble du flanc est, et... n'en crut pas ses yeux. À l'évidence, Faolan n'avait pas compris que le byrrgis exécutait une manœuvre d'obstacle. Avec sa queue argentée qui flottait derrière lui comme un panache, il gênait les limiers dont la mission était de détourner l'élan ! C'était une violation inconcevable du *byrrgnock* – les lois qui régissaient la chasse. Il n'existait pas de pire faute que celle-là.

Le loup jaune frémit. Avant la Lune de l'Herbe Chantante, ce croc-pointu serait banni du clan et envoyé vers le Monde des Ténèbres. Inutile de le piéger : il se débrouillait pour se mettre tout seul des bâtons dans les pattes !

Faolan courait toujours à pleine vitesse, heureux de sentir le vent caresser sa fourrure et le sol glisser sous ses foulées légères. Les hanches de la louve fauve grossissaient dans son champ de vision. Il fut surpris d'avoir couvert une telle distance aussi rapidement.

Tandis qu'il revenait sur les loups de pointe, il perçut des signaux échangés entre les sergents et les capitaines – des gestes subtils, tels qu'un tressaillement de l'oreille ou un frémissement de la queue. Mais il les ignora, de même qu'il n'écouta pas les grondements sourds et le martèlement confus des pattes de ses camarades de meute derrière lui lorsqu'il dépassa enfin la première ligne des chasseurs. Il ne pensait qu'à ce qui se passait devant – à cet énorme élan qu'il comptait bien juguler. Il contourna la proie, ralentit, fit volte-face et se dressa sur ses pattes arrière. Il sentait l'âme de Cœur-de-Tonnerre vibrer en lui. Il tendit ses pattes avant exactement comme le faisait l'ourse, et crut presque voir ses griffes s'allonger et s'affiner. « Je suis à la fois loup et grizzly », se dit-il. Son hurlement déchira le ciel comme un coup de tonnerre.

L'élan dérapa et s'immobilisa. Une lueur de folie emplit ses yeux sombres à mesure qu'il prenait conscience du spectacle déconcertant qui se déroulait devant lui. Puis il mugit et se retourna. Sans hésiter, il chargea le byrrgis ! Sa masse impressionnante traversa le flot des loups dans une explosion de cris perçants.

« Par Ursus, qu'ai-je fait ? » pensa Faolan.

Mais il le savait déjà : il avait défié l'ordre. Le byrrgis avait été rompu, et sa proie s'était sauvée.

CHAPITRE TROIS

La colère de Mhairie

Il attendait le châtiment. De toute manière, les crocs-pointus semblaient ne servir qu'à ça : à endurer les morsures, les coups et les mauvaises plaisanteries. Mais ce n'était rien comparé à ce qui l'attendait. Quand on lui annonça que Heep graverait l'histoire de sa terrible faute sur un os et qu'il lui infligerait lui-même la punition, Faolan sentit la nausée monter en lui.

Sans le vouloir, il avait saboté la chasse. À cause de lui, les meutes avaient dû renoncer à poursuivre l'élan : la viande obtenue après que l'ordre eut été rompu n'était pas considérée comme *morrin*. Au contraire, on la déclarait *cag mag*, c'est-à-dire « impure ». L'expression signifiait aussi « devenir fou », car on croyait que cette chair infectée pouvait faire perdre la raison.

À en juger par tous les regards malveillants qu'on lui jetait, Faolan supposa qu'il était désormais impur lui aussi. Les messes basses reprirent de plus belle.

— Il est plus ours que loup, confia un mâle à sa compagne.

— Quand je pense qu'il faut supporter la faim par sa faute ! répondit-elle.

Il sentit sa moelle se geler dans ses os lorsque la jeune louve fauve, appelée Mhairie, s'approcha. Il s'aplatit au sol en un clin d'œil, cette fois, et enfouit son visage dans le sable. Avant qu'il ait pu articuler le moindre mot d'excuse, les paroles de Mhairie le piquèrent comme un essaim d'abeilles en colère.

— À quoi pensais-tu ? Je devais faire mes preuves aujourd'hui, et tu as tout gâché ! Sais-tu combien de louves de mon âge ont la chance de pouvoir courir comme rabatteuse ? Bien sûr que non ! Tu ne sais rien. Tu es un imbécile !

— Oui, je le reconnais, dit-il d'une voix rendue rauque par le désespoir.

— Nous avons faim par ta faute ! Et encore, c'est une chance que personne n'ait été tué quand l'élan a chargé.

— Je crois que je devrais partir. Ils vont me bannir du clan de toute façon et…

— C'est à Duncan MacDuncan d'en décider, pas à toi ! l'interrompit sèchement Mhairie.

— À quoi bon rester ici ?

— Écoute-moi bien, espèce de tas de crottes fumantes, de dégonflé ! Tu dois te rendre au Carreg Gaer et t'expliquer devant le *raghnaid*. Ah, tu peux te dresser sur tes pattes arrière face à un élan et te pavaner comme un ours, mais tu n'as pas le courage d'affronter notre cour de justice ? Et puis tu croyais aller où, comme ça ?

— Euh…

— Au Grand Arbre de Ga'Hoole, je suppose ?

— L'idée m'avait traversé, marmonna-t-il.

Mhairie en resta muette de stupeur pendant quelques secondes.

— Tu as pris un coup de soleil sur la tête ou quoi ? Tu es complètement cag mag !

— C'était juste une idée, se défendit Faolan.

— Grand Lupus, tu es pathétique ! Tu ne sais même pas exécuter la roulade de soumission – le truc que tu es censé faire maintenant, je te rappelle. Tu ignores tout de notre monde. Et tu penses pouvoir t'en tirer avec un *churrlulu* ?

— Je ne sais pas ce qu'est un churrlulu, admit Faolan.

— Et voilà ! Qu'est-ce que je disais ! Ça signifie : une pirouette, une dérobade. C'est un mot chouette, je te signale. Aller sur l'île de Hoole ! Tu ne voles pas. Tu ne parles pas la langue des chouettes.

— Si, je connais quelques mots. J'avais une amie qui était forgeron solitaire.

— Oooh, pardon, se moqua Mhairie. Oublie le Grand Arbre de Ga'Hoole. Ta place n'est pas là-bas.

— J'ai l'impression que ma place n'est pas ici non plus ! rétorqua-t-il.

Il s'efforçait de garder les oreilles couchées et la tête dans la poussière, mais que c'était dur ! Mhairie soupira.

— Je n'en reviens toujours pas de ce que tu as fait. Pour l'amour de Lupus, ce devait être mon… mon… mon grand jour. J'aurais pu détourner cet élan sans ton intervention. Je ne sais pas ce que décidera le raghnaid, ni même quand ils te convoqueront. Duncan… Duncan MacDuncan est tellement malade…

Sa voix s'éteignit. Elle paraissait terriblement peinée. Il ne lui fallut que quelques secondes, cependant, pour se ressaisir.

— Encore une chose, croc-pointu. Ce ton ! Tu ne t'adresses ni à moi ni à aucun autre loup sur ce ton ! Tout le monde sait que tu possèdes une force colossale. Nous t'avons vu sauter par-dessus le piège de feu. Les loups sont superstitieux. Beaucoup estiment que tu as défié l'ordre naturel en bravant les flammes. Que tu as brisé la Grande Chaîne. Pour moi, ce n'était que l'instinct de survie. Il n'y a vraiment pas de quoi

parader partout en posant des questions imper-
tinentes !

« *Que* l'instinct de survie ? J'aurais voulu la
voir, elle, sauter par-dessus un immense mur de
flammes ! » se dit Faolan.

— La grave faute que tu as commise à la
chasse a confirmé ce que bon nombre de loups
pensaient de toi. Ils ne veulent pas que tu restes
ici. Ils craignent que la lune ne se décompose à
cause de toi. Certains te traitent même de lune
pourrie sur pattes !

— Ils y croient vraiment ? demanda Faolan
d'un air ahuri.

Les loups parlaient de lune en décomposition
lorsqu'ils apercevaient l'ombre de l'astre dans le
ciel pendant le jour. C'était considéré comme un
très mauvais présage.

— Tu n'as pas d'excuse. D'accord, tu as
vécu comme un loup solitaire pendant longtemps. Mais tu ne mets aucune bonne volonté à
apprendre les coutumes des clans. Aucune !

— Enfin… à quoi ça rime, tout ça ? Lupus
m'a donné des pattes puissantes. Je sais courir
vite, sauter haut, et je n'ai rien le droit de faire
ici. C'est du gâchis.

— Tu ne penses qu'à toi, Faolan. Mais
figure-toi que tu n'es pas tout seul dans la meute,
encore moins dans le clan. Le tribunal du

raghnaid va t'aider à te mettre cette idée dans le crâne.

Elle lui lança un dernier regard furieux, puis s'en alla. D'instinct, la queue de Faolan trembla entre ses pattes. La pire humiliation de sa vie l'attendait.

CHAPITRE QUATRE

L'EMPREINTE

Le coup de croc était une punition exceptionnelle, rarement infligée. Mais cette fois, les chefs
estimèrent que l'infraction était grave au point
que cela ne leur laissait pas le choix. Pour ajouter
l'insulte à la blessure, Heep fut choisi pour
infliger la sentence. Lord Claren, le chef de la
meute du Fleuve, et Lord Bhreac, de la meute de
l'Éboulis de l'Est, tous deux parés de leur collier
d'osselets, escortèrent Heep. Le croc-pointu gardait les yeux baissés, mais Faolan vit ses babines
dessiner un sourire.

Un crachin se mit à tomber, transformant la
terre sèche en une fine couche de boue glissante.
Heep s'avança pour exécuter le jugement. Le loup
jaune s'apprêtait à arracher un morceau du pelage
de Faolan, voire un bout de chair. Faolan serait
marqué, entaillé jusqu'à l'os, peut-être, si la morsure était profonde. Marqué par l'ignoble Heep.

Il garda les yeux baissés. Son cœur cognait si fort dans sa poitrine qu'il croyait entendre celui de Cœur-de-Tonnerre. C'était comme si un orage grondait en lui. Il gratta nerveusement la terre de sa patte tordue. Heep soufflait maintenant son haleine chaude sur lui. Il ne lui donnerait pas la satisfaction de le voir reculer, ni même tressaillir. Il rassembla tout son courage dans l'attente de la première morsure. « Je ne dois pas flancher. Je dois rester droit. J'y arriverai, pour Cœur-de-Tonnerre. » Il s'arc-bouta fermement des quatre pattes dans le sol.

Un profond silence s'installa. Au bout de plusieurs minutes, constatant qu'il ne se passait rien, Faolan se risqua à lever les yeux et s'aperçut que les curieux s'en allaient un à un, déçus, comme si le spectacle ne tenait pas ses promesses. Heep tremblait de peur, le regard braqué sur une empreinte laissée par la mauvaise patte de Faolan dans la boue. C'était une spirale parfaite, sorte d'étoile tourbillonnante. Faolan en fut très surpris. Les lignes en spirale gravées sur son coussinet étaient si superficielles qu'elles ne laissaient jamais d'empreinte. Peut-être avait-il appuyé plus fort que d'habitude dans sa détermination à ne pas vaciller ? Pourquoi Heep frémissait-il ? La situation s'était complètement inversée. C'était lui qui aurait dû tressaillir de peur.

— Finis-en, Heep !

Lord Claren accompagna son ordre d'une gifle.

— Oh, Lord Claren, répondit Heep en s'agenouillant. Je ne suis pas digne de cet honneur. Merci. C'est très gentil à vous de me le proposer. Il y a plein de loups bien mieux placés que moi pour donner le coup de croc. Je ne voudrais pas offenser les autres crocs-pointus…

Le chef de meute bondit sur lui et lui enfonça la tête dans la boue. Avec un grondement sourd, il prit son museau entre ses mâchoires et le secoua violemment pendant plusieurs secondes.

Faolan était perplexe. Voilà qu'au lieu du sien, c'était le sang de Heep qui éclaboussait l'air, telle une pluie de comètes. Il corrigea sa posture en voyant Lord Claren et Lord Bhreac approcher. Il arrondit le dos et esquissa la première des attitudes de soumission. Il s'empressa de plier les genoux et allait rouler sur le dos afin d'exposer son ventre quand les deux chefs se jetèrent sur lui et l'écrasèrent de tout leur poids.

Une nouvelle fois, Faolan s'arma de courage en attendant le coup. Il pouvait à peine respirer.

— Il n'y a pas de mots pour qualifier cela, chuchota Lord Claren.

— Oui, raison de plus pour le conduire immédiatement au Carreg Gaer. Le chef doit lui parler.

— Mais le chef se meurt ! Le raghnaid s'occupera de ce croc-pointu plus tard. Il n'y a pas urgence.

— Il doit y aller avant que Duncan Mac-Duncan soit mort.

La gorge de Faolan se dessécha. La honte pesait encore plus lourd sur ses épaules que la masse oppressante des deux chefs. Duncan Mac-Duncan l'avait accueilli dans son clan et traité avec patience et respect. Devoir se présenter devant lui, disgracié et penaud, promettait d'être plus douloureux que n'importe quel coup de croc.

CHAPITRE CINQ

LES DERNIERS MOTS
D'UN CHEF

Le campement du Carreg Gaer était plus petit que ce à quoi Faolan s'attendait. Il se situait dans une région de hautes falaises majestueuses, traversée par une rivière. Quelques louveteaux jouaient à se pourchasser dans les bas-fonds ; ils lançaient de grandes gerbes d'eau boueuse avec leurs pattes arrière. Il faisait plus froid que d'habitude pour la saison, et Faolan se demanda si la rivière serait gelée au matin.

Le long de la rive, des loups plus âgés jouaient à un jeu de stratégie appelé le *biliboo*, qui exigeait une grande concentration. Quatre loups, répartis en équipes de deux, déplaçaient des cailloux et des osselets sur un motif compliqué gratté dans la terre. Ils devaient emprunter des chemins bien précis. Faolan avait souvent observé des parties dans sa meute en tentant d'en comprendre les règles. Les joueurs n'échangeaient pas un mot, et leurs gestes étaient si discrets que les pièces semblaient glisser toutes seules sur le dessin.

Faolan avait reçu pour ordre d'attendre sa convocation à côté d'un rocher moucheté de rouge. Il leva les yeux, à la recherche des constellations qui apparaissaient pendant la Lune du Caribou. Il trouvait un grand réconfort à fouiller ainsi le ciel, en quête des étoiles familières qu'il contemplait autrefois en compagnie de sa mère adoptive, Cœur-de-Tonnerre.

Il aimait particulièrement celles que les grizzlys appelaient les Grandes Griffes. Chez les loups, elles avaient pour nom les Grands Crocs. Cœur-de-Tonnerre lui avait expliqué que les chouettes les nommaient les Serres d'Or. Mais elles avaient presque entièrement disparu et ne reviendraient pas avant le début de l'hiver. D'autres constellations comme celle du Caribou étaient apparues. Elle ne cesserait de grimper plus haut dans le ciel au fil des nuits fraîches d'automne, et le caribou étoilé serait bientôt rejoint par sa compagne et son petit. Mais les Grandes Griffes manquaient déjà à Faolan. Elles lui rappelaient tant Cœur-de-Tonnerre. Il n'aimait pas leur nom loup – les Grands Crocs, n'importe quoi ! Il s'imaginait presque de longs filets de bave dégoulinant de la voûte céleste.

Par association d'idées, il se rappela Mhairie et ses babines couvertes d'écume quand elle courait avec le byrrgis. Quel caractère, celle-là ! Personne ne lui avait jamais crié dessus de la sorte.

Quand il écarta enfin les yeux des étoiles, il aperçut une louve blanche efflanquée qui l'observait en passant près du rocher. Son sang se glaça dans ses veines. Il lui tourna le dos, mais cela ne servit à rien : il continuait de sentir son regard perçant à travers sa fourrure. On ne pouvait confondre cette louve avec aucune autre. Il s'agissait de Lael, la nouvelle Obea du clan, celle qui était chargée d'arracher les malcadhs nouveau-nés à leur mère pour les livrer à la mort.

Un louveteau courut soudain jusqu'à lui.

— Tu es grand pour un croc-pointu, affirma-t-il d'un ton assuré. Même pour un loup normal, d'ailleurs.

— Oui, c'est vrai, acquiesça un autre petit.

— Il est plus grand que mon papa.

— Que mon papa et ma maman à eux deux !

— Eh ! Pourquoi tu ne fais pas la roulade de soumission ?

— Peut-être qu'il est trop gros ? murmura un louveteau roux.

— N'empêche, c'est quand même un croc-pointu.

Une jeune femelle, de couleur roussâtre elle aussi, s'avança.

— Tu es censé te baisser devant nous, tu sais. Déjà que tu as des ennuis…

— Oui, oui… Désolé, répondit Faolan en commençant à fléchir les genoux.

— Tu as une drôle de façon de parler, déclara le petit mâle autoritaire.

— Maman dit qu'il s'exprime comme un ours, intervint un autre louveteau venu assister au spectacle.

— Ma mère adoptive était une ourse grizzly, expliqua Faolan.

« Je suis en train de me rouler par terre devant des bébés, pensa-t-il. Je n'y crois pas ! Je dois mesurer cinq fois leur taille, au moins. »

— Une ourse ! Trop bizarre ! C'était comment ?

Le jeune mâle qui s'était adressé à lui le premier semblait très curieux. Légèrement penché, il regardait Faolan droit dans les yeux.

— Tu as peur d'aller voir le raghnaid ? s'enquit une femelle grise.

— Pff, tu es cag mag ! Comment veux-tu qu'un loup nourri par une ourse ait peur du raghnaid ? répliqua son copain.

Mais il se trompait : Faolan n'en menait pas large.

Les louveteaux se lassèrent vite de cette conversation et partirent se bagarrer sur un coin de terre nue. Deux autres petits voulurent se joindre à la mêlée, mais leur mère les suivit en grondant et donna à chacun un coup de patte qui les envoya rouler en direction de la tanière.

Un rayon de lune illumina soudain une autre louve avec ses deux rejetons. Leur fourrure était d'un gris argenté, proche de la couleur de Faolan. Il essaya d'imaginer ce qu'aurait été sa vie s'il était né avec quatre pattes normales. S'il avait eu une mère louve, un père, des frères et sœurs pour jouer.

Il se laissa tomber à genoux avec un grognement, et roula sur le flanc pour étudier les étoiles. Des nuages tourbillonnants voilaient légèrement la lune. Avant qu'ils ne filent à l'autre bout du ciel, l'espace d'un bref instant, ils rappelèrent à Faolan le motif en spirale imprimé sur le coussinet de sa mauvaise patte. Pourquoi avait-il bouleversé Heep à ce point ? Pour Faolan, au contraire, ces lignes avaient quelque chose de profondément rassurant et de merveilleux. Elles semblaient le relier à une force supérieure, à la spirale sans fin de l'univers.

Un ancien de la meute interrompit ses rêveries.

— Debout, croc-pointu. Duncan MacDuncan est prêt à te recevoir. Il décline vite, et il est important que les rituels de soumission soient respectés. Prends garde de faire les bons gestes en t'approchant. Fini les bravades, c'est compris ? Tu es prêt ?

— Oui, répondit docilement Faolan.

La grotte du chef était immense. Un grand feu brûlait au centre. Au mur se trouvaient accrochées plusieurs peaux grattées et toute une collection de bois de cerfs, de caribous, ou de bœufs musqués, décorés de gravures délicates. Faolan tenta de garder les yeux baissés, mais son regard était irrésistiblement attiré par les flammes.

Le tribunal du raghnaid était composé d'anciens du clan. Tous s'étaient parés de leurs atours de cérémonie, constitués de coiffes et de colliers d'os rongés. Les crépitements du feu se mêlaient au cliquetis étrange des osselets. Personne ne parlait. Quand Faolan leva la tête, il décela une expression de peur sur leur visage. « Ils croient vraiment que je porte malheur ? » s'interrogea-t-il, interloqué.

Le vieux Duncan MacDuncan était allongé sur une peau d'élan. Sa robe, autrefois d'un gris sombre, avait blanchi avec l'âge. Ses épaules étaient zébrées de vieilles cicatrices héritées de ses combats. Elles évoquaient presque un champ de bataille à elles seules. Par endroits, son pelage refusait de pousser, comme l'herbe sur une terre ravagée. Ses yeux étaient d'un vert laiteux, de la couleur des ruisseaux qui couraient sur les glaciers. Il lui manquait un bout d'oreille, conséquence d'un affrontement avec un couguar.

Derrière lui, en relief dans la pénombre, se détachaient les bois de caribous les plus énormes que Faolan ait jamais vus. À côté de Duncan, une louve élégante se tenait assise, la tête haute. Il s'agissait de Cathmor, la compagne du chef. Elle avait une fourrure gris foncé, presque noire, et des yeux d'une jolie nuance de vert, qui rappelait à Faolan les rochers moussus amassés près du fleuve où il pêchait avec Cœur-de-Tonnerre l'été.

— Qu'il s'avance, souffla le chef.

Le mâle qui avait escorté Faolan le poussa sans ménagement, et le croc-pointu se mit à ramper vers la fourrure sur laquelle gisait Duncan Mac-Duncan. La vue de ce chef autrefois si majestueux le choqua. Ce dernier paraissait si fragile à présent, comme brisé.

— Assez, dit l'ancien après quelques secondes.

— Non ! Plus près, ordonna Duncan d'une voix râpeuse.

Quand Faolan atteignit le bord du tapis, il se tordit le cou et commença à se frotter la face sur le plancher de la grotte. Il entraperçut le feu du coin de l'œil. Ses poils hérissés s'aplatirent soudain, et un grand calme l'envahit.

Le chef remua sur sa couche.

— Doucement, mon amour, murmura Cathmor en posant une patte apaisante sur son flanc.

« Ce garçon verrait-il des choses dans les flammes ? s'interrogea le chef. Il est décidément très spécial. Pourvu que cela ne présage pas de temps cruels à venir pour le clan. »

Il secoua la tête, comme pour se débarrasser de ses sinistres pensées. Il avait un dernier devoir à accomplir. En tant que chef suprême du clan et grand seigneur du raghnaid, il ouvrit la cérémonie.

— Faolan, croc-pointu du clan MacDuncan, le raghnaid s'est rassemblé pour déterminer si tes agissements au cours du dernier byrrgis constituent une violation de nos lois. Il y a presque mille ans, quand nos ancêtres sont arrivés ici, conduits par le premier Fengo, ils ont implanté des règles de conduite et des traditions. Elles sont aujourd'hui aussi profondément enracinées que les arbres des forêts d'où nous venions. Car un pays sans lois nous semble plus dangereux qu'un pays sans arbres. Sans ces règles, comment pourrions-nous marcher droit, sans ployer dans les vents violents qui balaient notre terre ?

Le chef se tourna ensuite vers Lord Adair, le deuxième seigneur par ordre d'importance dans le raghnaid.

— Lis l'accusation.

Lord Adair s'avança avec un os et le déchiffra à voix haute :

— Récit du croc-pointu Heep, de la meute du Fleuve du clan MacDuncan. « Au matin de la quinzième nuit de la Lune du Caribou, un byrrgis s'est réuni sur le Brûlis pour traquer un élan. Pendant le premier quart de la chasse, à la vitesse « patte cadencée », le croc-pointu Faolan a rempli ses devoirs, reniflant les excréments et communiquant ses rapports. »

« Un peu que j'ai fait mes rapports ! pensa Faolan. Et toi qui voulais y aller à ma place, traître ! »

— « Tandis que je poursuivais modestement mon chemin sur le flanc ouest du byrrgis, flairant avec application les flaques d'urine de la proie – qui, à mon humble avis, était saine –, j'ai noté une perturbation dans le byrrgis. Elle s'étendait des loups de pointe jusqu'à ma position de renifleur. Alors j'ai levé les yeux et vu le croc-pointu Faolan traverser les lignes et dépasser la jeune et prometteuse Mhairie, envoyée par le Carreg Gaer des MacDuncan. À ce moment-là, le désordre s'est emparé du *hwlyn*, l'esprit de la meute. »

Les membres du raghnaid retinrent leur souffle. Des exclamations choquées et horrifiées s'élevèrent.

— Continue, demanda calmement Duncan MacDuncan.

Adair poursuivit sa lecture, qui s'achevait sur une description de Faolan dressé sur ses pattes arrière avant que l'élan ne se retourne, paniqué, pour charger le byrrgis, « faisant ainsi voler en éclats l'esprit de la meute ».

— Un chasseur a-t-il été tué ou blessé par la charge de l'élan ? s'enquit Duncan MacDuncan avec un regain d'énergie.

— Non, monsieur, répondit Adair.

— Dans ce cas, l'esprit de la meute est resté un et entier. Les propos de ce croc-pointu me paraissent un peu exagérés.

Un frisson passa dans la grotte. Qu'un loup si proche de la mort puisse aborder ce sujet avec une telle sérénité forçait le respect.

— Qui a gravé cet os ?

— Heep, mon seigneur.

— Aaah, oui, Heep… C'est celui qui est intarissable sur les vertus de la modestie et de l'humilité, n'est-ce pas ? Apporte-moi l'os, je veux l'examiner.

Adair lâcha l'objet dans l'épaisse fourrure d'élan, à quelques centimètres du museau de Faolan. Ce dernier avait déjà aperçu plusieurs os gravés par Heep et, une fois de plus, il remarqua les éraflures superficielles laissées par sa dent ébréchée. Elles semblaient encore plus visibles que d'habitude. C'était du travail bâclé.

— Alors, qu'en penses-tu, petit ?

Duncan MacDuncan avait l'haleine d'un loup malade, chaude et malodorante. Il parlait bas et fouettait légèrement le sol avec sa queue pour signifier aux autres de se tenir à l'écart.

— Moi ? Ce que j'en pense ? s'étonna Faolan.

Ses oreilles et sa queue se redressèrent un peu. Depuis son arrivée au Par-Delà, personne ne lui avait demandé son opinion sur quoi que ce soit.

— Oui, donne-moi ton avis sur cet os.

Il regarda Duncan. Ses yeux étaient chassieux, sa barbiche mal entretenue. Seuls les chefs de clan et les membres de la Ronde avaient le droit de la porter tressée.

— Eh bien, mon seigneur, je regrette d'avoir à confirmer la vérité de ce récit ! Tous les détails consignés par Heep sont exacts. J'ai défié l'ordre. J'en suis profondément désolé.

— Oh, je sais que tu regrettes et je suis content de te l'entendre dire. Mais je voulais parler de la qualité de la gravure, de l'exécution.

Faolan était stupéfait. Un croc-pointu était-il autorisé à commenter quoi que ce soit, en particulier l'œuvre d'un autre ?

— Je... je.., bafouilla-t-il.

— Pour l'amour de Lupus, ne commence pas à me dire que tu es trop « humble » pour critiquer le travail de Heep. Donne-moi seulement ton point de vue, mon garçon.

— Je ne le trouve pas très bon, mon seigneur. Il appuie trop. Toutes les lignes se ressemblent : elles ont la même profondeur, la même largeur.

— Hmm, fit le vieux chef.

Il soupira et fut pris d'une quinte de toux terrible. Cathmor s'approcha. Doucement, elle lui lécha le museau et caressa sa fourrure de sa patte.

— Que dois-je faire de toi, petit ? murmura le chef d'une voix rauque.

— Je ne sais pas, mon seigneur. Je ne suis pas un très bon croc-pointu.

— Non ! Non, ce n'est pas du tout la question. Tu es un excellent croc-pointu, au contraire. Mais tu es un loup de meute lamentable. Tu ne comprends pas, n'est-ce pas ? Cette histoire de meute, de clan.

— J'imagine que non, mon seigneur.

— Tu imagines que non ? Je sais que non. L'imagination n'a rien à voir là-dedans.

— Dans ce cas, je dois partir.

— Pourquoi ?

— Parce que je ne suis pas fait pour la vie de meute. Je suis un loup solitaire.

— Tu voudrais choisir ? Tu n'as pas ce privilège. Ici, c'est moi qui décide ! rugit Duncan MacDuncan.

Comme si une bourrasque venait de souffler dans la grotte, le pelage de tous les loups se hérissa.

— Sais-tu ce qu'est un *gaddergnaw* ? poursuivit Duncan.

Faolan secoua la tête.

— Il n'y en a pas eu depuis des années. Il s'agit d'un concours servant à départager les meilleurs crocs-pointus et à désigner les futurs serviteurs de la Ronde sacrée des volcans. La compétition est dure. Seul un loup est élu, deux à de rares occasions – mais jamais deux du même clan. Ce qui vous compliquera la tâche, à Heep et à toi… Mais je sais que c'est ton destin, Faolan.

Duncan dévisagea le jeune croc-pointu avec attention, semblant chercher au fond de son regard le reflet d'un autre loup, un vagabond venu du passé.

— Faolan, tu as de bonnes dents pour graver et tu es fort. Malheureusement, tu manques de bon sens. Le gaddergnaw est une occasion inespérée pour toi ! Tu pourrais être sélectionné.

Il se dressa sur ses pattes flageolantes et agita péniblement la queue pour intimer aux autres membres du raghnaid l'ordre de s'approcher.

— Nous avons lu l'os rongé, déclara-t-il. Les preuves sont indiscutables : le croc-pointu Faolan s'est rendu coupable d'une grave infraction au code du byrrgnock. Il a défié l'ordre. Il a avoué sa faute ainsi que son profond regret. Après notre conversation privée, je suis en mesure d'affirmer qu'il est prêt à s'amender et à devenir un véritable loup de clan.

« De quoi parle-t-il ? Ce n'est pas du tout ce que j'ai dit ! » pensa Faolan.

— C'est pourquoi, continua le chef, j'invoque le privilège de mes ancêtres et je décrète que ce croc-pointu doit rester dans notre clan. Il reprendra sa position modeste de croc-pointu dans la meute de l'Éboulis de l'Est. Pour punition, il devra rendre visite aux rabatteurs de chaque meute du clan MacDuncan, leur présenter l'os rongé par Heep et exécuter les rituels de soumission du troisième degré, comme l'exige la section trente-deux du byrrgnock. Il devra également graver un os du repentir pour chacune des meutes. Ainsi trouvera-t-il le pardon.

Duncan marqua une pause, les pattes tremblantes de fatigue, le souffle court.

— Je t'en prie, chéri, repose-toi, le supplia Cathmor.

— Me reposer ! gronda-t-il. J'ai toute l'éternité pour me reposer. J'ai encore une annonce à faire, et elle est importante. J'ai reçu un message de Finbar, le Fengo de la Ronde. Nous sommes convenus qu'un nouveau gaddergnaw devait se tenir.

Des murmures d'excitation se firent entendre, et les queues se remirent à frétiller.

— Tous les clans se réuniront ici à la Lune de l'Herbe Chantante. Ainsi en a décidé Duncan MacDuncan, chef du clan des MacDuncan.

Ses yeux se voilèrent, et des râles secouèrent son corps frêle. Il se laissa retomber sur la peau d'élan, affaibli par l'effort.

Un profond silence régnait dans la grotte. Les paroles d'un chef mourant en imposaient à tous.

Avant de sortir, Faolan jeta un dernier regard au foyer. Il cligna des yeux, perplexe. À la base des flammes, juste au-dessus de la couche de braises, lui apparut un dessin familier : une spirale orange vif et jaune.

« Je la vois – ma marque ! Par ma moelle, je la vois dans le feu ! »

CHAPITRE SIX

LA TANIÈRE DE MHAIRIE

Mhairie s'introduisit dans l'étroit tunnel qui descendait en pente raide vers sa tanière. Elle était tellement contente d'avoir un endroit rien que pour elle. Le repaire familial était plein à craquer depuis que sa mère, Caila, avait mis au monde une nouvelle portée de louveteaux, quatre mois plus tôt. Mhairie et sa sœur Dearlea occupaient à tour de rôle cette tanière solitaire quand elles n'aidaient pas leur maman à prendre soin des bébés.

Les louveteaux étaient à l'âge le plus difficile – suffisamment vieux pour se mettre en danger mais pas assez pour s'en sortir seuls. La lumière blanche à l'entrée de leur antre les fascinait. Le jour les intriguait et les attirait irrésistiblement. Mhairie se demanda si elle avait été pareille, petite.

Caila avait choisi une louvière avec un tunnel très long afin de les garder à l'intérieur autant que possible.

— Il n'est pas question que je passe mon temps à leur courir après dehors, avait-elle expliqué à son compagnon, Eiric. Dès que leurs dents de lait percent, ils deviennent intenables.

Oui, fini la tranquillité – surtout avec six ! Le pire pour Mhairie, c'étaient les cris. Pendant au moins six lunes, les louveteaux poussaient des aboiements secs qui n'avaient rien à voir avec le chant mélodieux des loups adultes. Ils évoquaient plutôt le fracas des rochers dans un éboulement. Lors du tremblement de terre de l'hiver précédent, elle avait cru entendre des milliers de petits jappant en chœur. De plus, quand ils voulaient quelque chose, ils émettaient des gémissements grinçants, moins bruyants mais tout aussi désagréables.

Mhairie doutait de devenir un jour une bonne mère. C'était tellement épuisant. « Comment maman supporte-t-elle ça ? » s'interrogeait-elle. Pourtant Caila s'en sortait très bien. Qui eût cru qu'une louve aussi âgée pourrait encore donner naissance à six louveteaux en bonne santé ? Il n'y avait pas eu un seul malcadh parmi eux.

Réfugiée dans sa tanière, Mhairie laissa s'exprimer sa colère. Pourquoi ce croc-pointu avait-il tout fichu par terre ? À son retour de la chasse, la meute avait eu du mal à masquer sa déception. Alastrine, une louve qui courait en pointe dans le byrrgis et qui était aussi la skreeleen de la meute, avait tenté de la consoler. Elle parlait avec un accent chantant et adorait utiliser de vieilles expressions qui remontaient à la Marche du Grand Froid, plus de mille ans avant.

— Allons, ma tendre enfant, ne te *greet* pas. (Greet signifiait « se tracasser ».) Tu es si jeune. Plus jeune que moi quand j'ai commencé à courir parmi les rabatteurs. Ton jour viendra, ma petite. Sois patiente.

Mais Mhairie continuait de bougonner. « Il a tout gâché, ce croc-pointu dégoûtant, avec sa gueule baveuse et sa truffe couverte de crottes d'élan ! » Elle marmonnait toutes les insultes qui lui venaient à l'esprit dans l'obscurité. Si sa mère l'avait entendue, elle lui aurait pincé le museau.

Au fond, elle s'en voulait encore plus qu'à Faolan. Quelque chose chez ce mâle l'irritait prodigieusement, autant que les tiques qui s'enfonçaient sous sa fourrure l'été ou les cris de ses jeunes frères et sœurs. Et pourtant, comme avec ces derniers, elle ressentait le besoin de veiller sur lui. Un instant, elle avait envie de le protéger, et le suivant, de se jeter sur lui pour réduire ses os en cendres !

CHAPITRE SEPT

La patte
de Cœur-de-tonnerre

Adair raccompagna Faolan jusqu'à la limite du
territoire du Carreg Gaer. Avant de le quitter, il
lui indiqua la direction des autres meutes du clan
MacDuncan, et lui donna des instructions sur le
rituel du repentir. Faolan écouta, mais son esprit
était ailleurs. Il ressassait les paroles de Duncan
MacDuncan au sujet du concours du gaddergnaw. Avait-il vraiment une chance de rejoindre
la Ronde sacrée ?

En temps normal, au moment de renvoyer
un croc-pointu honteux, un loup du rang
d'Adair n'aurait pas manqué de lui asséner une
grande gifle sur le museau. Cette fois, pourtant, la claque effleura à peine Faolan. Ce
n'était pas par pitié qu'Adair avait manqué son
coup : il ne parvenait tout simplement pas à
poser ses yeux sur Faolan. « Il a peur de moi. Il
croit que je porte malheur ! Mais pas Duncan

MacDuncan. Duncan MacDuncan a vu autre chose en moi ! »

— Ne traîne pas, croc-pointu. Que ce châtiment te serve de leçon. Roule-toi dans l'odeur de ta honte. Et ne rêve pas trop du gaddergnaw. Pendant que tu suivras le sentier de la honte, la préparation des crocs-pointus pour la compétition battra son plein. Et toi, tu vas tout rater !

Faolan partit dans l'obscurité avec l'os de la honte entre les mâchoires.

Juste avant le premier rougeoiement de l'aube, quand la lune et les constellations glissent vers un autre univers, que les étoiles s'éteignent une à une, comme soufflées par un courant d'air invisible, et que meurt la nuit, le monde semble toujours étrangement vide.

Faolan n'était pas allé très loin quand les hurlements d'Alastrine emplirent le désert de la nuit. Il s'arrêta net.

Le chef était mort. Frissonnant, Faolan tomba à genoux et cacha son museau sous ses pattes avant. C'était le premier geste humble qu'il esquissait spontanément depuis qu'il vivait parmi les loups.

Bientôt, entremêlée aux hurlements d'Alastrine, s'éleva la voix fluette de Cathmor qui chantait une mélopée funèbre à la mémoire de son compagnon. « Quelle heure terrible pour mourir », songea Faolan. L'échelle d'étoiles qui montait vers la constellation que les loups appelaient la Grotte des Âmes s'était envolée. Elle était déjà partie vers l'ouest ; quelques nuits plus tard, elle disparaîtrait totalement pour ne revenir qu'au printemps. L'âme de Duncan MacDuncan devrait donc attendre le lendemain pour pouvoir sauter sur ses barreaux étoilés et atteindre le paradis des loups.

Le chant aigu d'Alastrine se changea en hurlement : la skreeleen convoquait toutes les meutes du clan MacDuncan à se diriger loin vers l'ouest à l'allure « triple patte cadencée ». Si elles voyageaient assez vite, peut-être parviendraient-elles à rattraper l'échelle d'étoiles ? Pendant les trois nuits qui suivaient, les loups du clan MacDuncan se réuniraient à l'extrémité ouest de leur territoire pour hurler la *morriah*, la complainte en l'honneur du chef mort. Les crocs-pointus étaient exclus de cette cérémonie. De sorte que Faolan devrait patienter pour l'exécution de sa punition. Il voulait en finir au plus tôt, mais Duncan MacDuncan était le seul loup qu'il ait réellement admiré. Il éprouvait dans la moelle de ses os un sentiment profond pour le vieux chef, une affection qu'il n'avait ressentie que pour Cœur-de-Tonnerre auparavant.

Cœur-de-Tonnerre ! Pas une seule fois depuis qu'il avait rejoint le clan MacDuncan il n'était allé se recueillir à l'endroit où il avait enterré l'os de sa patte, cette grande patte qui l'avait bercé autrefois. Rien ne lui faisait plus envie à présent. Toucher cet os suffirait à lui apporter le réconfort dont il avait besoin.

Il bifurqua vers le sud et se dirigea vers les eaux du fleuve dont Cœur-de-Tonnerre l'avait tiré avant de l'adopter et de le nourrir. Après sa mort, Faolan avait ramassé le plus gros os de sa patte avant et avait gravé dessus toute leur histoire. Il y avait le fabuleux été qu'ils avaient passé ensemble, à nager derrière des bancs de truites. Ces fois où, debout dans les rapides, ils attrapaient les saumons qui remontaient les eaux bouillonnantes. La première chasse au caribou. La tanière d'été. La tanière d'hiver. Il avait enfoui cet os dans un talus de schiste argileux près des lacs Salés, à une distance prudente de toutes les meutes. Il ne voulait pas que quiconque le voie. C'était son histoire, sa mémoire, et pour lui, cette patte était sacrée.

Il arriva au moment où les premiers feux de l'aurore coloraient l'horizon de rouge sang.

Le soleil se leva et rosit peu à peu, avant de se fondre dans le bleu parfait du matin. Il ne fallut pas longtemps à Faolan pour retrouver son os. Quand il entendit le cliquetis de son ergot contre une surface solide, il retroussa les babines et creusa délicatement avec les crocs, avant de finir de le sortir avec la langue. Il lécha la terre collée dessus. Ses yeux s'embuèrent lorsque l'histoire de sa vie apparut. Quelle différence avec l'horrible os de la honte rongé par Heep ! Faolan avait envie de le jeter dans le fleuve, dans les flammes ou… droit dans le Monde des Ténèbres !

Il contempla les lignes finement ciselées qui se détachaient sur le blanc. Un grand calme l'envahit. On aurait dit qu'une patte fantôme le caressait juste sous le menton, la partie du corps la plus sensible chez les loups. Il eut soudain la sensation de s'élever au-dessus de son corps. Il rêva qu'il était un petit louveteau argenté, nageant derrière Cœur-de-Tonnerre en quête de poissons, creusant la terre pour dénicher des racines et des bulbes, fouillant un petit monticule de terre sablonneuse. Des fourmis en colère surgissaient tout à coup de leurs galeries et lui piquaient violemment le museau. Il hurlait de douleur. Cœur-de-Tonnerre courait vers lui et le débarrassait des vilaines créatures avec sa langue rugueuse. Il accepterait de subir à nouveau la piqûre de ces insectes, et avec joie, si cela pouvait lui rendre sa mère ourse, avec sa langue râpeuse et les battements tonitruants de son grand cœur.

Cœur-de-Tonnerre, tu me manques tellement.
Je voudrais sentir dans mon sang
les battements de ton grand cœur tonnant.
Cœur-de-Tonnerre, tu es toujours près de moi,
même si tu as quitté les rives du Par-Delà
pour gagner les étoiles d'Ursulana.
Cœur-de-Tonnerre, quand mon heure viendra,
je te chercherai sans relâche dans la nuit.
Nous nous retrouverons au paradis –
celui des loups ou des ours, peu importe.
Je sais que je te reverrai là-bas
et que côte à côte nous marcherons,
comme autrefois.
Je suis ton louveteau, ton ourson,
pour la vie et pour l'éternité !

Tout en chantant pour Cœur-de-Tonnerre, Faolan envoya une pensée à Duncan Mac-Duncan, le seul loup qui avait cru en lui et l'avait encouragé à devenir quelqu'un de meilleur.

Le soir venu, loin de l'endroit où le loup solitaire continuait de chanter pour sa mère ourse,

Cathmor hurlait son chagrin dans le vent du nord. Cette nuit-là, la seconde de la morriah, la louve aperçut une silhouette brumeuse d'un gris perle au sommet de l'échelle d'étoiles, sur le sentier des esprits qui conduisait à la Grotte des Âmes.

— Le *lochin* ! s'écria-t-elle. L'âme de Duncan !

Elle savait au fond de son cœur qu'un abîme la séparait désormais de l'âme lumineuse de son compagnon, un gouffre aussi profond qu'un océan, aussi vaste que la distance entre la terre et les étoiles. Mais, tous les soirs, à travers la lumière nacrée de la lune, elle chercherait des yeux cette silhouette lointaine. Ainsi l'esprit de Duncan continuerait-il à vivre dans son cœur jusqu'au moment où, à son tour, elle gravirait l'échelle d'étoiles et rejoindrait la Grotte des Âmes.

CHAPITRE HUIT

LE SENTIER DE LA HONTE

Le clan MacDuncan comprenait cinq meutes. Faolan avait déjà accompli le rituel du repentir devant Elpeth, Stellan et Mhairie, les rabatteuses du Carreg Gaer. Il lui en restait donc trois à voir avant de rentrer dans la sienne : les meutes du Fleuve, du Rocher Bleu et de l'Herbe de Feu. Celle du Rocher Bleu vivait sur la frontière du territoire MacDuff. Il lui faudrait une journée entière à l'allure « demi-patte cadencée » pour l'atteindre. Ensuite, en partant tôt le jour suivant, il arriverait dans la journée chez la meute du Fleuve, située plus à l'ouest.

Au milieu des ombres longues et bleutées du crépuscule, Faolan distingua un loup ébouriffé qui trottait dans sa direction. Il émettait un drôle de bruit, une sorte de sifflement étranglé. Faolan comprit qu'il s'agissait d'un croc-pointu du Rocher Bleu. Il avait entendu parler de ce mâle né avec un défaut à la gorge qui lui valait le surnom de Siffleur.

Lorsqu'il suivait le sentier de la honte, un croc-pointu devait se soumettre devant tous les membres du clan, y compris les autres crocs-pointus. Faolan se prosterna donc immédiatement devant le Siffleur, un animal gris pâle d'une maigreur effrayante. On voyait presque ses os saillir à travers sa fourrure.

— Je ne m'attendais pas à arriver aussi tôt. J'ignorais que j'étais si près du territoire de l'honorable meute du Rocher Bleu, dit Faolan.

— Oh, tu n'es pas rendu. Je me promenais juste alentour dans l'espoir d'attraper un lièvre. On les trouve souvent aux endroits où les mangeurs de lichens viennent paître.

— On m'a parlé des mangeurs de lichens, mais je n'en ai jamais vu. Il paraît que leur viande est très savoureuse.

Il savait que ces bêtes possédaient des bois et qu'elles ressemblaient beaucoup aux caribous, en plus petit.

— Tu peux te lever maintenant, affirma le Siffleur.

— Tu es sûr ?

Faolan était décidé à respecter les règles, dorénavant. Il voulait devenir un croc-pointu exemplaire afin de préserver ses chances d'intégrer la Ronde sacrée.

— Oui. Suis-moi, s'il te plaît. Ils t'attendent.

Faolan était interloqué. « Je rêve ou il a prononcé les mots "s'il te plaît" ? » pensa-t-il. Il cala soigneusement l'os de Heep sous son menton et se remit en marche. Au bout de quelques pas, cependant, il s'arrêta de nouveau. Le pauvre Siffleur semblait ne pas avoir avalé un seul repas digne de ce nom depuis des lustres.

— Qu'y a-t-il ? demanda celui-ci.

— Pourquoi ne pas aller traquer un mangeur de lichens ? Je n'en ai jamais chassé. Et j'ai l'impression qu'un bon repas ne te ferait pas de mal.

Les oreilles du Siffleur tressaillirent.

— Tu sais comment ça se passe dans les grandes meutes. Je suis le dernier à manger – et il y en a vingt-cinq avant moi.

— Tu es le vingt-sixième ! Comment fais-tu pour obtenir ne serait-ce qu'une bouchée ?

— C'est bien le problème : souvent je n'y arrive pas, soupira-t-il. Alors je chasse surtout des lièvres. Des petites proies. C'est un peu frustrant. Les lièvres ne sont pas bien gras.

— Allons pister ces mangeurs de lichens. Nous avons le temps. Tu as dit que j'étais en avance.

— Tu crois que nous pouvons en abattre un à nous deux ?

— On ne perd rien à essayer.

— J'avoue que je ne cracherais pas sur un gros morceau de viande. À mon avis, on trouvera une bonne piste par là-bas, ajouta-t-il en désignant le lit d'un ruisseau à sec. Ils passent souvent dans ce coin.

En effet, ils trouvèrent une piste en quelques minutes.

— Je crois qu'il y en a un qui boite, annonça le Siffleur. Regarde : ces traces de patte avant droite sont irrégulières.

Faolan fut impressionné. Le Siffleur était observateur et savait lire les empreintes. Il détermina qu'il s'agissait d'une minuscule troupe composée de deux femelles, d'un petit et d'un mâle âgé. Le mâle était gravement blessé au jarret. Faolan estimait qu'il serait facile à abattre. Sa stratégie était simple : séparer leur proie du reste du groupe et l'épuiser en la poursuivant. Les deux crocs-pointus coopéraient à merveille. Ensemble ils obligèrent le vieux mâle à courir à pleine vitesse, avant de ralentir en faisant semblant de se désintéresser de lui. Leur victime relâcha son attention, et hésita même à s'arrêter pour se reposer. Faolan croyait qu'ils le tenaient enfin quand, tout à coup, un martèlement résonna derrière les broussailles à flanc de colline. Un énorme mâle, de constitution beaucoup plus robuste que la plupart des mangeurs de lichens, déboula du sommet de la pente. Il s'arrêta près d'eux et se mit à trépigner en agitant ses bois impressionnants. Faolan reconnut cette attitude : les caribous adoptaient souvent ce comportement avant de se battre pour défendre leur territoire ou séduire une femelle.

— Oh, oh ! grogna le Siffleur. On ferait mieux de filer !

Mais Faolan se campa devant l'intrus, les quatre pattes fermement plantées dans le sol. Il tendit les oreilles en avant et se mit à gronder. Le mâle baissa la tête comme pour charger.

« À quoi joue ce loup ? » s'interrogea le Siffleur.

Un éclair argenté traversa soudain le crépuscule. Il fallut un moment au Siffleur pour comprendre ce qui se passait : Faolan s'était jeté dans les airs. Il y eut un bruit de choc et une expiration brutale, suivis d'un cri aigu, comme un hennissement. Faolan était monté à califourchon sur les épaules du mâle. Celui-ci se cabra et détala au galop, mais Faolan s'agrippa.

Le Siffleur s'élança derrière eux. Il n'avait jamais assisté à un spectacle pareil. Il était pourtant là quand Faolan avait bondi par-dessus le mur de flammes. Les récits de cet événement avaient pris des proportions exagérées ; on racontait parfois que Faolan avait sauté jusqu'au soleil. Mais ce nouvel exploit le laissait pantois.

Le sang du mangeur de lichens laissait une traînée rouge derrière eux. Faolan avait planté ses longs crocs dans son cou et tranché l'aorte. Ses griffes étaient si profondément enfoncées dans l'épaule de la bête qu'elles déchirèrent les muscles. L'animal se mit à tituber, avant de s'effondrer au bout de quelques pas. Son ventre et sa poitrine se soulevaient lentement, au rythme de sa respiration laborieuse. Les crocs-pointus s'agenouillèrent à hauteur de sa tête et plongèrent leurs yeux dans les siens, à la recherche de la dernière lueur de vie dans ses prunelles. Le rituel du *lochinvyrr* ne répondait à aucun code, à aucune loi gravée sur un os. Il satisfaisait seulement un sentiment impérieux, un désir puissant, plus fort que la faim, de faire savoir à l'animal agonisant que l'on reconnaissait le prix de la vie qu'il donnait.

Pendant plusieurs secondes, Faolan et le Siffleur restèrent muets, les pensées absorbées par la beauté et la grâce de cet animal. « Tu es précieux, ta vie est précieuse, ta viande nous nourrira », lui disaient-ils avec les yeux. Un accord silencieux passa entre les chasseurs et leur proie, et le mangeur de lichens poussa son dernier soupir.

Des nuages fins s'effilochaient sur la ligne d'horizon sombre, telles des toiles d'araignée accrochées dans le ciel. Faolan et le Siffleur mangèrent tout ce qu'il leur fallait, jusqu'à ce que la lune se lève à l'est. Alors, les ventres lourds, ils prirent le chemin du territoire de la meute du Rocher Bleu.

Faolan aurait dû suivre le Siffleur, mais ils préférèrent trotter épaule contre épaule, en parfaite complicité.

— J'étais là quand tu as sauté le mur de feu, déclara le Siffleur de sa voix qu'on aurait dit venue des profondeurs d'un canyon encaissé. Je faisais partie des loups qui te pourchassaient. Et aujourd'hui, tu m'as offert mon premier repas décent depuis des semaines… Merci.

Il y eut un long silence. Le Siffleur était le premier qui reconnaissait avoir appartenu au byrrgis assemblé pour tuer Faolan. Ce dernier croyait dur comme fer que personne ne se sentait coupable de l'avoir pris pour un loup malade. Au contraire, d'après lui, ils regrettaient plutôt de l'avoir laissé s'échapper. Sa fuite spectaculaire par-dessus le mur de feu était considérée comme un sacrilège, un défi à l'ordre naturel. C'était tabou. L'évoquer ainsi sans façon, comme le faisait le Siffleur, enfreignait les règles.

— Tu ferais mieux de ne pas en parler, répondit Faolan.

Le Siffleur haussa les épaules et partit d'un drôle de rire chuintant.

— Est-ce que je peux te poser des questions sur les gaddergnaws ? s'enquit Faolan.

— Je n'y connais pas grand-chose. Il n'y a pas eu de concours depuis que j'ai rejoint la meute du Rocher Bleu. D'après ce qu'on raconte, pendant la compétition, les crocs-pointus sont traités avec un grand respect. Pas de gifle, pas de morsure. Rien.

— Et après ?

— Eh bien, après, j'ai peur que la vie ne reprenne son cours normal, sauf pour celui qui a été sélectionné !

Ces mots arrachèrent un frisson à Faolan.

— As-tu commencé à t'entraîner ?

— Oh oui, un des *gadderlords*, les loups qui organisent la compétition, est venu. Il m'a renseigné sur le type de gravure qu'on attendait de nous.

— Et alors ?

— Classique : une gravure de la Grande Chaîne. Sans surprise ! Mais ils nous demanderont aussi de fournir une création personnelle.

— Comment ça ?

— Un os-histoire. Ce sera l'épreuve la plus difficile, je crois. À l'entraînement, nous avons gravé des os à la mémoire de Duncan MacDuncan

69

et les lords sont venus nous dire ce qui allait et ce qui n'allait pas dans notre travail.

Faolan ne put s'empêcher de s'inquiéter du retard qu'il avait pris par rapport à ses futurs concurrents.

— Il faudra aussi s'illustrer dans un byrrgis, mais pas en tant que renifleur cette fois, ajouta le Siffleur. Tu t'en sortiras très bien.

Faolan baissa la tête.

— J'espère, marmonna-t-il.

— J'en suis sûr. Tu as vu ta carrure ?

Ils se turent en atteignant le campement de la meute. Celui-ci se trouvait au pied d'un éperon de roche bleue veinée de quartz blanc et constellée de cristaux scintillants. Faolan adopta la position obligatoire, derrière le Siffleur, l'os de Heep dans la gueule. Inutile d'informer la meute qu'ils avaient passé tout le trajet à bavarder comme deux vieux copains.

— Magnifique, n'est-ce pas ? murmura le Siffleur.

Avec l'os entre les mâchoires, Faolan dut se contenter de hocher la tête. Le rocher était en effet splendide. On aurait dit que des étoiles tombées du ciel s'étaient fichées dans la pierre. Un beau mâle noir apparut ; il accueillit le Siffleur d'un grondement bourru, et Faolan d'un coup sec sur l'oreille. « La vie reprend son cours normal, comme dirait le Siffleur », pensa Faolan.

— Lachlana et Tamsen attendent par ici, annonça l'inconnu.

D'autres loups s'avançaient maintenant dans l'ombre, les yeux plissés. Faolan sentait leur regard curieux sur lui. Ils examinaient le monstre qui avait décroché le soleil, puis semé la pagaille dans le byrrgis.

À l'écart, le Siffleur observait la scène. Tout le monde semblait étonné par la taille et la vigueur de Faolan. Même quand il rampait dans la poussière, il ne ressemblait pas à un croc-pointu. Son pelage était trop lisse, son corps trop massif, son expression trop digne.

— Je n'avais jamais vu un croc-pointu comme lui, dit un jeune mâle avec une pointe d'envie dans la voix.

Que diraient-ils s'ils apprenaient que, quelques heures plus tôt, Faolan avait chevauché et tué un mangeur de lichens mâle ?

Les rabatteuses, Lachlana et Tamsen, se ressemblaient beaucoup, avec leurs fourrures crème presque identiques. Faolan supposa qu'elles étaient sœurs. Quand il fut à quelques centimètres de leurs pattes, il s'arrêta et ouvrit les mâchoires pour lâcher l'os de Heep. La louve la plus petite le ramassa, non sans lui avoir auparavant mordu la truffe. Sa sœur tendit ensuite un os frais au croc-pointu. Avant de le ronger, toutefois, Faolan devait écouter le chef de la meute lire le récit de Heep. Les rabatteuses s'écartèrent et Dain, le chef, commença sa lecture d'une voix profonde et sonore :

— Récit du croc-pointu Heep, de la meute du Fleuve du clan MacDuncan…

Faolan ne put réprimer un frémissement lorsque Dain prononça le nom de Heep. « Je ferais mieux de m'y habituer, pensa-t-il. Je n'ai pas fini de l'entendre ! »

— « Au matin de la quinzième nuit de la Lune du Caribou, un byrrgis s'est réuni sur le Brûlis pour traquer un élan… »

Au bout de la cinquième apparition du mot « humble » dans l'histoire de Heep, des rires étouffés se firent entendre dans l'assemblée. Cela consola un peu Faolan, mais son réconfort fut de courte durée.

— Il a été très méchant, hein, maman ? demanda un petit louveteau.

— Oh que oui ! répondit sa mère.

Faolan rentra sa queue entre ses pattes et ferma les paupières, mort de honte. Les paroles de Duncan MacDuncan lui revinrent en mémoire : « Tu manques de bon sens. »

« Je suis costaud, mais complètement stupide, se dit-il. Pourquoi ai-je fait une chose pareille ? À quoi ça rimait de me dresser sur mes pattes arrière comme un grizzly ? » Cœur-de-Tonnerre elle-même aurait sans doute été consternée par son comportement. Elle aurait peut-être regretté de lui avoir appris à se mettre debout. L'idée de décevoir sa mère ourse lui était insupportable.

Un long silence suivit la fin de la lecture de Dain. Puis un jeune louveteau s'écria :

— Maman, pourquoi est-ce que le loup a gravé le mot « humble » autant de fois ?

Cette remarque impertinente lui valut une gifle, et il se mit à couiner.

— Allons, allons ! gronda Dain. Nous sommes rassemblés pour assister à un rituel du repentir. Les torts infligés à nos rabatteuses doivent être réparés. (Il jeta un regard sombre à Faolan.) Continue, croc-pointu.

Faolan fit le dos rond et s'approcha des deux rabatteuses. Ensuite il plaqua son ventre contre le sol, se dévissa le cou et, pour finir, roula sur le dos. C'est dans cette position qu'il avoua sa faute.

— Moi, Faolan, croc-pointu de la meute de l'Éboulis de l'Est, je suis coupable des actions gravées sur cet os par Heep. Je jure sur la moelle de mes os que je suis prêt à réparer ma faute en rongeant cet os présenté par les vénérables Lachlana et Tamsen, distinguées rabatteuses de la meute du Rocher Bleu.

Faolan devait sculpter la Grande Chaîne sur cet os du repentir et, à l'endroit précis où l'ordre avait été brisé à cause de sa conduite, apposer sa marque : la spirale imprimée sur son coussinet.

Il s'entraînait à ciseler la Grande Chaîne depuis son arrivée dans le clan. Au fil des jours, il avait appris à graver des représentations de plus en plus précises, avec des myriades de sous-catégories et de ramifications. Son talent n'était plus à démontrer.

Tandis qu'il se demandait si ces loups attendaient de lui une version simple ou une variante plus élaborée, il entendit la première note d'un chant – une note parfaite qui monta vers le ciel, tel un splendide papillon nocturne. Il tourna la tête et fut étonné de constater que le son provenait de la gorge abîmée du Siffleur. Les autres loups se joignirent à lui. Ils venaient d'apercevoir, peut-être pour la dernière fois, le profil brumeux de Duncan MacDuncan dans les étoiles. Dès le lendemain, la constellation du Grand Loup s'en irait, et la saison des lunes de neige commencerait.

Faolan leva le museau. Le vieux chef avait atteint le sommet de l'échelle d'étoiles. Sa barbichette soigneusement tressée, il semblait regarder le jeune croc-pointu droit dans les yeux. « Je dois graver toute la Chaîne telle que je la connais, comprit-il. Sans raccourcis ni simplifications. »

Il étudia le fragment d'os, le lécha plusieurs fois pour se familiariser avec sa surface et se mit au travail.

— Regardez son soleil, murmura quelqu'un. On croirait presque sentir sa chaleur !

— Ça fait peur – son dessin a l'air si réel, dit un autre.

Faolan tenta d'ignorer leurs commentaires, mais il ne put éviter d'entendre un troisième loup bredouiller d'une voix tremblante :

— Se... se pourrait-il qu'il vienne du Monde des Ténèbres ?

Il avait beau faire de son mieux, apparemment, cela ne suffisait jamais. C'était trop bien, ou pas assez. Tant pis, il n'avait pas d'autre choix que de continuer. Il ne pouvait pas s'arrêter maintenant. Au petit matin, il quitterait le Rocher Bleu pour rendre visite à la meute de l'Herbe de Feu.

CHAPITRE NEUF

L'ÂME DE DUNCAN
MacDUNCAN

À présent, Faolan connaissait le rituel du repentir par cœur. Cela ne le dérangeait plus d'entendre les chefs réciter à voix haute l'histoire que Heep avait gravée. En peu de temps, il avait laissé derrière lui trois os du repentir, si bien ciselés que de nombreux loups craignaient qu'il soit une sorte de démon. Mais cela aussi avait cessé de le gêner. « Qu'ils pensent ce qu'ils veulent, se disait-il. Peu importe, je continuerai de graver de mon mieux. » On racontait que les loups de la Ronde étaient les artistes les plus doués de tout le Par-Delà. C'étaient eux qu'il voulait impressionner. S'ils méritaient leur réputation, ils ne regarderaient pas son œuvre d'un œil superstitieux et aveuglé par les préjugés.

Faolan ne pouvait oublier la note magnifique poussée par le Siffleur quand le lochin de Duncan MacDuncan avait atteint le sommet de l'échelle d'étoiles. Celle-ci avait maintenant disparu ; pourtant Faolan avait l'impression que l'âme de Duncan, quoique invisible, restait très présente. Il sentait sa silhouette brumeuse planer juste au-dessus de lui, comme si le vieux chef remontait chaque nuit un sentier d'étoiles qui le conduisait à lui.

Ces pensées se bousculaient dans l'esprit de Faolan tandis qu'il se hissait en haut d'une crête montagneuse. Il aperçut soudain une louve dans la distance. Lael ! L'Obea du clan MacDuncan. Faolan retint son souffle. Il ne voyait qu'une raison à sa venue ici, si loin du Carreg Gaer : un louveteau malcadh venait de naître dans la meute du Fleuve.

Faolan se déplaçait de telle sorte que la louve ne pouvait pas percevoir son odeur. Il s'accroupit dans un fossé et jeta un œil par-dessus la frange des brins d'herbe. Il détectait seulement le parfum du nouveau-né que Lael portait par la peau du cou. Ce devait être le bébé de la femelle qu'il avait croisée.

Lael, elle, n'avait pas d'odeur – une des conséquences de sa stérilité sans doute. Sans odeur, sans enfants et sans émotions : voilà comment on pouvait décrire les Obeas. Lael portait le bébé comme s'il s'agissait d'une motte de terre. Elle avait des yeux étranges, verts comme ceux de tous les loups du Par-Delà, mais aussi froids et distants que les étoiles par une nuit de tempête de neige.

D'où il se tenait, Faolan ne décelait aucune difformité chez le louveteau. Il supposa qu'il avait seulement eu le malheur de naître trop tôt. Les prématurés connaissaient le même sort que les malcadhs : le plus souvent, on considérait qu'ils avaient des défauts cachés et qu'il était trop difficile de s'en occuper.

Lael remontait une côte très raide en direction du point culminant de la crête. Elle marchait à une allure régulière. La minuscule créature pendait de sa gueule en donnant de faibles ruades avec les pattes arrière. Une fois au sommet, Lael la posa sur un plat de la roche – en plein sous un couloir de navigation des chouettes ! Ces oiseaux passaient par là quand ils partaient ramasser des charbons à la base des volcans. Les élans aussi longeaient la crête au cours de leurs migrations.

— Elle a pensé à tout ! marmonna Faolan.

Si les chouettes ne mangeaient pas le bébé, les élans se chargeraient de l'écraser sous leurs sabots géants. C'était le lieu parfait pour l'abandonner ! Il frissonna, priant Lupus pour que le pauvre malheureux connaisse une mort rapide. Il ne pouvait s'empêcher de se demander combien de temps il resterait à miauler dans le désert, seul au monde.

Lui-même ne gardait que de très vagues souvenirs de son abandon. Il ne savait que ce que Cœur-de-Tonnerre lui avait raconté, ce qu'elle avait imaginé. Il se rappelait être passé brusquement du froid glacial des eaux du fleuve à la chaleur de la fourrure de l'ourse, au parfum de son lait et à la musique de son énorme cœur battant. Il se rappelait la peur qu'il avait éprouvée avant de s'accrocher à la patte de sa mère adoptive. Il ne souhaitait ça à aucune créature vivante. Néanmoins, il n'ignorait pas que le sacrifice d'un louveteau fragile était le prix à payer pour préserver la santé du clan. Il n'y avait pas le choix. C'était la plus sacrée de toutes les lois du clan.

Il continua d'observer la scène depuis sa cachette. Sans un regard en arrière, l'Obea redescendit la côte par le chemin qu'elle avait emprunté à l'aller.

Un mélange de curiosité et d'angoisse submergeait Faolan. Il s'interrogeait sur ce que ressentait le louveteau. Le parfum du lait de sa mère lui manquait-il ? Un vent frais venait de se lever – avait-il froid ? Il aurait tellement voulu pouvoir le sauver, comme Cœur-de-Tonnerre l'avait fait pour lui. Mais c'était impossible. D'abord, il n'avait pas de lait. Ensuite, un tel geste irait à l'encontre de toutes les lois du Par-Delà.

Quand la louve eut disparu dans la brume épaisse du crépuscule, Faolan, n'y tenant plus, sortit de son fossé. En s'approchant, il entendit des gémissements étouffés. La dernière partie de l'ascension lui parut interminable. À chaque pas, il avait l'impression de trahir un peu plus son clan et ses codes les plus sacrés.

Le bébé, une femelle couleur fauve, était encore plus minuscule que ce à quoi il s'attendait. On aurait dit un bouton d'or. Et elle n'avait pas le moindre défaut. Faolan n'avait jamais rien vu d'aussi parfait. Cependant, elle était si petite que chaque palpitation de son cœur la secouait de la tête aux pattes. Il était tenté de la lécher, de lui donner un peu de chaleur et de réconfort avant qu'elle meure. Il voyait bien qu'elle ne résisterait pas longtemps. Les premiers flocons de la saison se mirent à tomber. Peut-être qu'elle serait rapidement ensevelie sous un manteau de neige, dérobée aux regards des prédateurs, chouettes, lynx et autres couguars, et qu'elle sombrerait dans un lent engourdissement ? Ce serait une bonne façon de mourir.

Du sommet de la crête, Faolan adressa une prière au dieu Lupus.

La nuit est venue, les étoiles glissent
dans les cieux.
Que la neige tombe sur ce louveteau mourant,
abandonné loin de sa mère, sans lait,
si seul, tout seul dans le vent glacé,
sans nulle part où aller, sans passé ni avenir.
Il n'a plus que le néant pour clan,
et dans le cœur un vide aussi vaste que l'océan,
Oh, où es-tu parti, Grand Loup de la nuit ?
Où es-tu pendant que ce bébé lutte pour sa vie ?
Que vois-tu depuis ta tanière d'étoiles ?
Vois-tu cette petite louve dorée qui frémit ?
Telle une étoile dans le matin, sa lueur faiblit,
son souffle ralentit,
ses pleurs s'assourdissent.
Épargne-lui les dents pointues du renard,
épargne-lui les serres acérées de la chouette.
Si tu dois la prendre, alors emporte-la
avec douceur.
Qu'une épaisse fourrure de neige la recouvre,
Et que son âme monte au ciel
là où d'autres louveteaux l'inviteront à jouer,
là où les ventres sont pleins,
là où les malcadhs sont beaux,
là où, debout sur une étoile, elle pourra toucher
le soleil,
là où loups, ours et caribous ne font qu'un.

CHAPITRE DIX

LA SARK DU MARÉCAGE

La Sark du Marécage allumait un four devant l'entrée de sa grotte quand elle vit une femelle remonter le sentier, titubante et trempée jusqu'aux os.

— Oh, ciel ! Je suis à toi dans un instant, ma petite.

Elle tourna la tête vers sa grotte, mais son œil capricieux et délavé, que beaucoup comparaient à un œuf tourné, glissa dans l'autre direction. Elle vit un frisson parcourir la louve. « Eh bien, au moins, il lui reste assez d'énergie pour avoir peur de moi ! »

La louve se dirigea d'un pas raide vers la caverne. Elle avait hâte de se reposer mais redoutait un peu de pénétrer dans l'antre de cette étrange louve qui vivait hors du clan, qui jouait avec le feu et dont certains prétendaient qu'elle était une sorcière. C'était pourtant grâce au feu que la Sark faisait bouillir ses potions. En particulier les potions d'oubli dont la louve avait grand besoin ce jour-là.

Elle laissa ses pupilles s'ajuster à l'obscurité, repéra un tas de peaux au fond et, après trois petits cercles serrés sur elle-même, elle se coucha. L'odeur de la dernière mère de malcadh qui avait dormi là imprégnait la fourrure. Elle était ancienne, sans doute vieille de plus de un an.

Malgré l'épuisement, la louve ne put s'endormir. Elle ne cessait de jeter des regards inquiets aux quatre coins de la cavité. Elle n'avait jamais vu de tanière aussi bizarre. Des sacs en peau pendaient à des pointes taillées dans des bois d'élans. Des pots et des marmites en argile étaient alignés sur des rebords naturels de la roche. La Sark connaissait des sortilèges pour transformer la terre en objets. Elle ressemblait beaucoup aux chouettes par bien des aspects, si ce n'est qu'elle façonnait la terre et l'argile, alors que les chouettes forgeaient des métaux. Les murs étaient tendus de peaux couvertes de marques tracées avec un bout de bois carbonisé. La louve n'avait pas la moindre idée de ce qu'elles signifiaient. Certaines étaient jolies et formaient des dessins agréables. Elle remarqua aussi des plumes arrangées en gros bouquets. La Sark possédait même des paquets d'herbes sèches, de plantes et de mousse pendus au plafond.

La sorcière entra dans sa grotte et, du bout des dents, elle retira le bouchon d'un pot couché sur le côté. Un minuscule filet d'eau s'écoula dans un petit bol en argile placé dessous. Ensuite elle agita quelques feuilles accrochées à son plafond. Puis elle prit du lichen dans un autre récipient et l'émietta au-dessus de l'eau.

— Bois ça, ordonna-t-elle à sa patiente. Ça t'aidera à oublier.

La louve regarda le bol avec méfiance. Le mélange lui paraissait si étrange, avec ces bouts d'herbes qui flottaient à la surface.

— Vas-y, chérie, prends une bonne lampée… Tu es partie très loin, mais l'Obea t'a trouvée quand même ?

— Non, je n'ai même pas eu le temps, répondit-elle en sanglotant. Ma fille était parfaite.

— Sauf qu'elle est arrivée trop tôt, malheureusement. Les louveteaux qui viennent trop tôt n'ont aucune chance de survie, mon enfant, et ils posent des tas de problèmes. Allons, bois maintenant.

La Sark comprenait ces mères. Elle savait ce qu'on ressentait quand on ne parvenait pas à oublier. Mais il était trop tard pour elle maintenant. Alors, au lieu d'effacer ses souvenirs, elle les conservait précieusement. Depuis le jour où, vers l'âge de un an, elle avait reconnu sa mère de lait et s'était promis de ne jamais intégrer un clan, elle consacrait sa vie à se rappeler.

La mémoire était sacrée pour la Sark. Et ce qu'elle appelait « mémoire » n'avait rien à voir avec l'héritage des anciens. Les cérémonies de vénération et de soumission, par exemple, lui semblaient parfaitement ridicules, même si elle jugeait nécessaires la plupart des lois des clans. Mais, pour elle, la mémoire était vivante à la manière de l'eau vive. Elle l'imaginait comme une rivière de sentiments, de couleurs, et surtout de parfums. Car c'étaient toujours les odeurs qui ravivaient les souvenirs.

Sans mémoire, l'existence des loups ne serait qu'indifférence, obéissance aveugle. Sans mémoire, ils vivraient dans un monde clos, privé de couleurs et de signification. La Sark scruta les ombres profondes de la caverne, où ses pots à souvenirs se dressaient, telles des sentinelles du passé.

Dans son coin, la mère de la petite malcadh dormait profondément. Elle resterait assoupie pendant deux jours. Puis elle s'éveillerait avec la faim au ventre et sortirait chasser. Apaisée, elle partirait sans un regard en arrière.

CHAPITRE ONZE

ELLE ME RECONNAÎTRA !

La neige que Faolan avait réclamée dans ses prières n'était pas venue. À la place, un vent épouvantable et tourbillonnant avait apporté de fortes pluies. Faolan essaya de ne pas penser aux dents et aux griffes acérées qui menaçaient la jeune femelle. Il aperçut un petit troupeau de caribous au loin, les croupes tournées aux rafales, et il ne fut même pas tenté de chasser. Il n'avait pas faim. Il avait seulement une peine immense pour la créature qu'il avait abandonnée mourante sur la corniche.

Il prit un sentier sinueux pour redescendre dans la vallée où s'étendait le Marécage. L'étrange louve qui vivait là l'intriguait beaucoup. Les loups des clans allaient la voir pour obtenir des charbons et des tonifiants, mais ils se méfiaient de ses pouvoirs. Sans trop savoir pourquoi, Faolan était persuadé que cette femelle solitaire était sage. Il se demanda si elle pouvait lui apprendre des choses utiles en prévision du grand concours. Il pourrait aussi lui parler de la petite malcadh. Il avait terriblement besoin de se confier.

Aux abords du marécage, une odeur de fumée lui chatouilla les narines. Il vit des volutes s'élever d'une sorte de dôme en terre. Derrière, plusieurs feux brûlaient à proximité d'une grotte.

On aurait dit que la Sark l'attendait. Comment avait-elle deviné qu'il viendrait ? Elle n'avait pas pu sentir son odeur : il se trouvait sous le vent. Il s'avança vers elle, tout honteux de porter l'os de Heep entre les mâchoires. La dernière fois qu'ils s'étaient croisés, c'était devant le piège de feu, où la sorcière avait admiré son bond triomphal par-dessus les flammes. Et qu'était-il devenu à présent ? Un misérable croc-pointu disgracié. Il lâcha l'os et s'agenouilla.

— Tu ne vas quand même me faire le coup du rituel de soumission ! s'exclama la Sark de sa voix éraillée. Pas à moi !

— En fait, c'est un rituel du repentir. Je n'ai pas respecté le byrrgnock, la loi qui gouverne la meute.

— Je sais ce qu'est le byrrgnock, figure-toi, inutile de me l'expliquer. Je suis aussi au courant de ce que tu as fait. Je le savais avant même que ça arrive.

Son ton méprisant intimida Faolan. Il était presque sûr, cependant, que son dédain n'était pas dirigé contre lui.

— Relève-toi, pour l'amour de Lupus ! J'ai une patience très limitée face à ce genre de démonstration. Va te réchauffer dans ma grotte. Je dois sortir mes marmites du four.

Le feu qui brûlait à l'intérieur dégageait une chaleur intense. Faolan s'apprêtait à s'installer à côté, quand il aperçut une louve endormie sur une pile de fourrures. Il la reconnut à son odeur. La mère de la petite malcadh ! Il se mit à trembler, les oreilles couchées en arrière, les yeux mi-clos, incapable de détacher son regard de la femelle.

— Ne t'inquiète pas, elle dort, affirma la Sark en le rejoignant.

— J'ai vu son bébé sur la montagne.

— Je sais.

— Comment ?

— J'ai flairé son odeur sur toi.

— Mais je ne l'ai pas touchée, je le jure !

— Je le sais aussi.

La Sark le contourna ; un lourd sac en peau pendait à ses mâchoires.

— Ma mère est-elle venue ici quand… quand…

Faolan avait le vertige, comme s'il se tenait en équilibre au bord d'un gouffre. Si sa mère était encore en vie, il la retrouverait. Il parcourrait tout le Par-Delà dans ce but, il irait jusqu'aux confins de la terre s'il le fallait.

— Quand l'Obea t'a emporté ?

Il hocha la tête.

— Non.

La Sark était soulagée de ne pas avoir à mentir. Moins un malcadh en savait au sujet de sa mère, mieux cela valait. Mais elle sentait que ce jeune mâle allait lui donner du fil à retordre.

— Pourquoi ont-ils fait ça ?

— Tu sais bien pourquoi, Faolan. Ne sois pas stupide ! C'est une des rares coutumes des clans qui aient un sens. Il s'agit de préserver la santé des familles.

Faolan fit volte-face ; ses yeux jetaient des éclairs.

— Je suis fatigué d'entendre ce genre de chose ! gronda-t-il. Rien n'a de sens pour moi, et pas seulement les lois concernant les malcadhs. Je… je… Je suis encore plus seul qu'à l'époque où je vivais solitaire.

La Sark faisait mine de n'écouter qu'à moitié, s'affairant dans un coin de sa grotte. Il l'observait. La solitude ne semblait pas la déranger, elle.

Il cherchait désespérément à attirer son attention, il voulait qu'elle comprenne sa douleur, qu'elle...

Non, elle ne pourrait jamais l'envelopper à la manière de l'énorme et douce Cœur-de-Tonnerre. Comment l'idée avait-elle pu le traverser ? Il était trop gros maintenant pour être câliné comme un louveteau. Autrefois il se consolait facilement. Il comptait pour sa mère adoptive. Elle lui donnait toute son affection. La Sark avait-elle jamais connu les gestes tendres d'une mère ?

Il ne supportait plus de rester à l'écart de ses semblables, ignoré et parfois humilié. Il se demanda de nouveau s'il ne ferait pas mieux de partir. De commencer une nouvelle vie. Il soupira bruyamment.

— J'en ai assez des loups et de leurs manies stupides.

— Eh bien, continue de bouder ! répliqua la Sark.

Elle était en train de ranger ses marmites dans une niche. Faolan pencha la tête, gagné par une soudaine curiosité. Ces marmites étaient de drôles d'objets, étranges et beaux à la fois. La Sark avait émaillé leur surface de petites pierres colorées et de motifs décoratifs. Mais il ne devait pas se laisser distraire.

— Vous connaissiez ma mère ? Mon père ?

La Sark pivota vers lui. Son mauvais œil tournoyait follement dans son orbite. Sa fourrure ébouriffée se hérissa et accentua son aspect sauvage. Elle reprit lentement la parole, en détachant chaque mot, comme si elle s'adressait à un louveteau un peu benêt.

— Tu ne comprends donc pas ? Je n'appartiens à aucune meute. À aucun clan. Je n'ai pas d'amis. Je ne connais personne.

— Mais les loups vous demandent des services. Ils sont venus vous chercher quand ils voulaient se débarrasser de moi.

— Oui. Ils ont commis une grossière erreur en te prenant pour un loup malade. J'aurais dû exiger plus de preuves.

Faolan désigna la louve endormie.

— Elle aussi, elle est venue vous trouver.

— C'est différent. Les loups ne me rendent visite que lorsqu'ils ont besoin de moi. Je n'ai jamais vu ta mère.

Faolan gémit et cacha son museau entre ses pattes.

— Cesse de te lamenter. Je déteste les pleurnichards.

Faolan souffla fort par les narines.

— J'ai eu une deuxième mère, vous savez, une mère de lait.

— Oui, une femelle grizzly. J'ai repéré son odeur pendant que le byrrgis te traquait. Les autres croyaient qu'elle était atteinte de la maladie de la gueule écumante et que c'était elle qui t'avait contaminé en te mordant.

— Cœur-de-Tonnerre m'aimait comme un ourson. Même rendue folle par la maladie, elle ne m'aurait jamais mordu.

La Sark baissa la tête et, l'espace d'un instant, son œil détraqué cessa de sauter dans tous les sens.

— Oh, murmura-t-elle d'un ton las, tu serais étonné de ce dont une mère est capable…

— Que voulez-vous dire ?

Elle réfléchit un long moment. Pensive, elle scruta la pénombre au fond de sa grotte, où ses premiers pots à souvenirs se dressaient dans leur niche. Elle ne se rendait pas compte que Faolan l'observait avec attention.

— C'est quoi, ces trucs ?

Un œil braqué sur un pot, l'autre sur le croc-pointu, elle répondit :

— Mes pots à souvenirs.

— Ah bon ? Vous avez des souvenirs de concours, de gaddergnaws ?

— Non. Pourquoi ?

— Les loups vont en organiser un au moment de la Lune de l'Herbe Chantante.

— Si elle arrive, soupira la Sark.

— Comment ça ?

— Il y a quelque chose de bizarre dans le temps ces jours-ci. Les saisons sont déréglées. J'essaie de comprendre… Un nouveau gaddergnaw, hein ? Ça faisait un bail.

— Oui, je tiens peut-être ma chance.

Il hésita à révéler que Duncan MacDuncan en personne lui avait soufflé l'idée.

— Ta chance de quoi ?

— De m'en aller. De devenir un loup de la Ronde. Je pensais que vous auriez peut-être des conseils pour m'aider.

— Je vais t'en donner, un conseil. Et inutile d'aller le pêcher dans mes pots – il est juste là, dans ma vieille caboche. (Elle leva une patte et se tapa la tête.) Tu es resté assez longtemps dans ma tanière. Pars avant que la louve se réveille. Imagine sa douleur si elle sent l'odeur de sa fille sur toi.

— D'accord…

Faolan se leva. Il songeait que, s'il n'avait pas la moindre chance de revoir Cœur-de-Tonnerre en vie, rien ne lui interdisait d'espérer que ses parents loups soient encore vivants.

La Sark dut lire dans ses pensées. Elle se mit à grogner.

— Ne fais pas ça, Faolan. Ne pars pas chercher ta mère. Elle ne te reconnaîtra pas, pour commencer. Et puis, toi, qu'éprouveras-tu ?

— Oh, elle me reconnaîtra, répliqua-t-il avec une certitude inébranlable. Elle saura qui je suis quand elle verra ceci.

Il appuya sa mauvaise patte par terre. Quand il la leva, une spirale délicate apparut dans la poussière.

CHAPITRE DOUZE

UNE ABOMINATION !

Le vent n'était pas d'une grande aide. On aurait dit qu'il ne savait pas ce qu'il voulait, comme souvent pendant la Lune des Premières Neiges. La chouette Gwynneth, forgeron solitaire de son état, avait passé l'essentiel de la nuit à lutter contre les rafales. Elle allait au Cercle Sacré des Volcans. Les volcans venaient d'entrer en éruption, ce qui n'était pas inhabituel à cette période de l'année. Gwynneth partait ramasser des charbons « flagadants », un vieux terme de forgerons désignant les braises les plus chaudes. On les reconnaissait à leur cœur bleu cerclé de vert. Elle espérait avoir une bonne avance sur les forgerons des royaumes hooliens.

Un courant d'air chaud ascendant fit du bien à ses ailes fatiguées. Elle put s'élever sans effort dans les vents changeants, propulsée vers sa destination. Tandis qu'elle montait en chandelle, ses oreilles saisirent un bruit faible à travers les rugissements des rafales – de minuscules miaulements. Elle pencha la tête dans un sens, puis dans l'autre. Les chouettes effraies étaient connues pour leur ouïe exceptionnelle. Grâce aux fentes de leurs oreilles, elles entendaient les moindres sons et étaient capables de localiser leur origine avec précision.

La plainte se transforma en un cri épouvantable, accompagné par le bruit de la chair qu'on déchire. « Grand Glaucis ! On assassine un louveteau ! Et c'est... c'est un loup ! » Gwynneth connaissait les lois des loups, et elle savait que tuer un malcadh était le pire crime qui soit. C'était une abomination !

Elle écouta avec horreur le souffle court de l'assassin, ses dents qui broyaient et tranchaient la chair, la coupant en petits morceaux. Elle ne voyait rien, car la couverture nuageuse était épaisse, mais ses formidables oreilles lui permettaient de se représenter la scène dans ses moindres détails.

Elle plongea pour exécuter une spirale d'attaque. Si seulement elle pouvait faire fuir le tueur et sauver le louveteau...

Mais elle arriva trop tard. Au moment où elle perçait les nuages, le loup détalait sur la crête. Il laissait derrière lui une minuscule femelle, morte. Horrifiée, la chouette l'examina. Elle n'était pas vraiment malcadh.

— Elle est seulement née un peu trop tôt, murmura Gwynneth.

Son corps était éventré. « Pourquoi le loup ne s'est-il pas contenté de l'étouffer ? » s'interrogea la chouette. Il avait infligé une mort d'une violence inouïe, mordant et déchiquetant les muscles jusqu'aux os.

Gwynneth cracha, écœurée. Elle-même avait abandonné cette pratique en s'installant au pays des volcans, mais de nombreuses chouettes mangeaient les malcadhs qu'elles rencontraient sur leurs couloirs de navigation. Cependant, jamais elles ne les lacéreraient avec une telle sauvagerie. En général, un coup de bec rapide dans la partie molle du crâne suffisait à achever un petit rapidement. Cette petite malcadh avait subi une longue agonie et une souffrance inimaginable.

« Je lui souhaite de vite trouver le chemin de la Grotte des Âmes », se dit Gwynneth. Elle avait remarqué que la constellation du Grand Loup avait disparu du ciel. Mais Lupus se laisserait sûrement attendrir par ce bébé et ne permettrait pas que son âme erre sans but pendant deux lunes.

Gwynneth fut tentée d'emporter les os du louveteau à tire-d'aile vers la Grotte des Âmes. Malheureusement, il n'existait pas de route pour atteindre le paradis. Et puis, au fond de sa conscience, elle savait que les souffrances de la malcadh sur terre étaient finies. En poussant son dernier souffle, elle avait séparé son corps fragile de son âme, un peu comme on se débarrasse de son duvet trop chaud à l'approche de l'été.

Devant ce cadavre mutilé, Gwynneth éprouva une profonde peine et un grand dégoût. Mais elle ne pouvait plus rien pour cette petite louve. Il lui restait un long trajet à parcourir pour rejoindre le Cercle Sacré des Volcans, et elle devait y arriver avant les premiers feux de l'aurore. « Un forgeron ne vaut rien sans au moins deux flagadants brûlants qui se battent en duel dans son seau », pensa-t-elle.

Elle déploya ses ailes pour décoller, puis se ravisa. Et, de sa voix stridente d'effraie masquée, elle entonna la chanson rituelle des chouettes pour leurs oisillons morts.

Que Glaucis te bénisse et te garde toujours.
Puisses-tu laisser tes peines derrière toi.
Lorsque tes plumes de rêve auront poussé
et que tu t'élèveras dans la nuit sublime,
Baisse les yeux et contemple ceux qui t'aiment.
Tu ne vieilliras jamais,
jeune tu resteras dans nos pensées.
Écoute cette chanson,
c'est pour toi que nous la chantons.

CHAPITRE TREIZE

L'OUBLI

Quand Faolan eut fini de parcourir le sentier de la honte et qu'il s'en retourna auprès de la meute de l'Éboulis de l'Est, la Lune des Étoiles de Givre s'était déjà levée.

Les pentes du mont Bossu, blanches de neige, ressemblaient à des nuages moutonnés. La ligne de crête était couverte de glace et tranchait sur le ciel bleu telle une lame de cristal. La Lune des Étoiles de Givre était une des plus froides de la saison de la faim – c'était ainsi que les loups appelaient l'hiver –, et la mauvaise humeur régnait à cette période. Souvent des querelles éclataient au sein de la meute, et les crocs-pointus subissaient les coups des autres loups. Faolan avait mal partout à cause des morsures qu'il recevait. Et puis les proies étaient si maigres qu'il n'y avait pas assez de viande pour tout le monde. Aussi, les crocs-pointus, bien sûr, mangeaient moins que les autres. Par cette journée glacée, le clan était parvenu à abattre un cerf. Une fois rassasiés, les chasseurs jetèrent aux crocs-pointus l'estomac de la bête, rempli d'herbes et de lichen mâchouillés.

Les loups dédaignaient ce genre de mets. Ils détestaient le goût et la consistance des plantes. Mais Faolan était habitué à en manger. Petit, il allait creuser la terre avec Cœur-de-Tonnerre, au début du printemps, pour déterrer des oignons sauvages et d'autres plantes rescapées des gelées. L'ourse mâchait les bulbes et les tiges soigneusement. Parfois, quand ils étaient trop coriaces, elle les avalait et les régurgitait pour que Faolan puisse les manger, un peu à la manière des parents loups qui recrachaient la viande pour leurs louveteaux. Faolan comprit qu'il pouvait faire la même chose. Il mastiquait les végétaux partiellement digérés jusqu'à ce qu'ils forment une purée fine, puis il avalait.

Grâce à cela, son pelage resta brillant et il ne maigrit pas trop. Aux yeux des autres loups, cela ne le rendait que plus suspect.

Depuis son retour du Marécage, Faolan ne cessait de penser à sa première mère. Il se demandait s'il avait eu des frères et sœurs dans sa portée, si ceux-ci étaient normaux et où ils pouvaient bien se trouver à présent. En principe, ils auraient dû être séparés de leurs parents et recueillis par une nourrice au sein de la meute, car telle était la règle. Lui ressemblaient-ils ?

Dans le même temps, il s'efforçait de devenir un croc-pointu modèle. Il acceptait les mauvais traitements avec les gémissements appropriés et enchaînait les postures de soumission comme s'il les connaissait depuis toujours.

Loin de là, au cœur du territoire des Mac-Donegal, une louve ne pouvait chasser de son esprit le souvenir d'une odeur découverte sur le crâne d'une femelle grizzly, presque un an avant. Sitôt qu'elle l'eut reniflée, sa mémoire s'était réveillée. Elle s'était sentie soudain vulnérable. Les barrières qu'elle avait soigneusement construites dans sa tête pour éviter de se souvenir avaient été balayées d'un coup, et ses souvenirs étaient revenus avec force. « Il était argenté, mon seul bébé argenté… »

De toutes les portées que Morag avait eues, elle n'avait eu qu'un seul petit avec une fourrure grise. Pendant les brèves heures précédant l'arrivée de l'Obea, elle l'avait dorloté, nourri et avait léché sa fourrure duveteuse. Il possédait une robe d'une beauté singulière ; on aurait dit que des étoiles tombées du ciel s'étaient répandues au hasard sur ses poils. Elle voulait lui donner le nom d'une constellation – peut-être Skaarsgard, le loup bondissant qui attrapait les louveteaux tombés de l'échelle d'étoiles sur le chemin de la Grotte des Âmes.

On disait qu'une ombre dévorait le ventre des mères de malcadhs, à l'endroit où leur petit avait grandi. À mesure que leurs souvenirs s'effaçaient, cette tache s'atténuait. Mais si elles n'arrivaient pas à oublier, elle noircissait et finissait par envahir tout leur être.

Après avoir été bannie de son clan, Morag avait accompli ce qu'on attendait des mères de malcadhs. Accueillie par les MacDonegal, elle s'était trouvé un nouveau compagnon et avait donné naissance à une portée de trois louveteaux roux en bonne santé. Elle était devenue une rabatteuse réputée dans son nouveau clan. Mais aujourd'hui, même si ses pattes restaient puissantes et qu'elle demeurait capable de maintenir sa vitesse de pointe sur de longues distances, l'ombre dans son ventre s'était étendue à tout son corps et obscurcissait sa vision.

Au cours de la dernière chasse, au moment de l'attaque, Morag avait filé à vive allure au premier rang des rabatteurs, sa position habituelle. Une harde de bœufs musqués était apparue, tel un gros nuage d'orage à l'horizon. Sa mission consistait à rabattre le troupeau vers l'est, en direction du soleil levant éblouissant. Cependant, plus elle s'approchait, plus les bœufs musqués devenaient flous. Morag eut l'impression de s'enfoncer dans un épais brouillard. Repérer une proie faible avait toujours été son point fort. Elle pouvait courir à pleine vitesse tout en examinant la harde, afin de détecter un animal malade, vieux ou mourant que la meute pourrait abattre plus facilement – un *cailleach*. Les bœufs musqués étaient lents, comparés aux caribous ou aux cerfs. Ç'aurait dû être un jeu d'enfant. Mais soudain, Morag avait senti qu'elle perdait l'équilibre. Elle avait fini par trébucher tandis que les chasseurs la dépassaient à toute vitesse. À cet instant, elle avait compris qu'elle n'avait plus sa place dans un byrrgis.

CHAPITRE QUATORZE

LA BICHE
DES SOURCES JAUNES

Mhairie fonçait à toute allure sur le flanc ouest d'un grand troupeau de cerfs. Elle tenait une seconde chance de faire ses preuves. Grâce au dieu Lupus, le croc-pointu semblait avoir retenu la leçon. Il se tenait sagement loin derrière elle. Une fois encore, la meute du chef l'avait envoyée courir avec la meute de l'Éboulis de l'Est, la meute du Fleuve et la meute du Rocher Bleu. Cette fois, Alastrine et Stellan l'accompagnaient. On l'observait de près. Elle devait réaliser un sans-faute. Si ce maudit croc-pointu s'en mêlait encore, elle plongerait personnellement ses canines dans la partie la plus tendre de son museau – et avec plaisir !

Ils pourchassaient le troupeau à travers la région des Sources Jaunes. Un signal émis par les loups de pointe venait d'indiquer que les manœuvres de rabattage allaient commencer.

Il fallait diviser la harde. C'était une entreprise risquée mais, étant donné le nombre de cerfs, ils n'avaient pas le choix. Les animaux les plus faibles restaient au milieu du groupe, et il était impossible de les repérer. Faolan vit Stellan transmettre une information à Mhairie. Quelques secondes plus tard, celle-ci remarqua une vieille biche.

Le rôle de Faolan consistait à détecter les moindres traces d'urine ou d'excréments pouvant provenir d'un animal en mauvaise santé. « Quelle tâche misérable », pensa-t-il en regardant Mhairie se rapprocher de la cailleach. La louve accéléra soudainement avant de ralentir d'un air distrait. Faolan avait employé la même stratégie un an auparavant, quand il avait abattu un caribou à lui seul. À l'époque, il n'avait ni capitaine ni rabatteurs pour l'aider.

La partie de chasse tirait à sa fin. La biche était encerclée à présent. Elle se tenait debout, interloquée, le sang dégoulinant sur ses hanches. Ses blessures n'étaient pas mortelles. Les loups devaient atteindre son cou et l'artère vitale. Mhairie et les autres restèrent en arrière. Leur travail était terminé. Les plus gros mâles s'avancèrent à leur tour et chargèrent la proie. La grande biche se cabra et lança des ruades.

— Elle est gonflée ! marmonna Heep.

— Oui, magnifique ! chuinta la gorge voilée du Siffleur.

Il ôtait les mots de la bouche de Faolan. Où cette vieille femelle trouvait-elle le cran de se battre contre ces quatre immenses loups ?

— Elle est superbe. Cette cailleach a un courage admirable, continua le Siffleur.

— Pourvu que son courage l'abandonne vite, afin d'épargner les forces de notre capitaine et de ses lieutenants, dit Heep à voix haute.

Le Siffleur lui jeta un regard méprisant.

— Oh, va donc fourrer ton museau dans une crotte de bœuf musqué !

Le rire de Faolan resta coincé en travers de sa gorge quand il vit le loup jaune tomber à genoux devant le Siffleur.

— Oh, cher Siffleur, si je t'ai offensé, je te prie humblement de m'excuser. (Ses narines en fente s'élargissaient et se contractaient nerveusement tandis qu'il se frottait la face contre le sol.) Ne crois pas que je me considère supérieur à cette femelle pleine de dignité qui meurt afin de procurer une viande nourrissante à nos chefs héroïques. Grâce à cette biche, notre glorieux clan continuera de prospérer.

Mais le Siffleur n'écoutait pas. Il s'était éloigné pour assister au lochinvyrr, le moment où le chasseur exprimait sa gratitude envers la biche à travers ses yeux, avec simplicité et une profonde sincérité. Et non pas en gesticulant et en faisant de grands discours comme Heep ! Faolan resta cloué sur place par l'attitude hypocrite du loup jaune.

Tout le monde se tut. On n'entendait plus ni aboiements, ni glapissements joyeux, juste un silence absolu et respectueux. Le capitaine s'était agenouillé, ses yeux plongés dans ceux de sa victime pour un instant de vérité bouleversant. Puis il se releva sans un mot et planta les crocs dans le flanc de la biche en vue de partager la viande.

Faolan se tenait à l'ombre d'un petit bosquet de bouleaux, d'où il observait la scène. Les premiers servis furent les chefs de meutes, ensuite vinrent les capitaines du byrrgis et les rabatteurs – Mhairie devant les autres, car elle avait joué un rôle crucial dans la manœuvre de rabattage. Des hurlements triomphaux éclatèrent quand elle s'avança pour recevoir un morceau de foie, une des parties les plus nourrissantes du gibier. Comme le voulait la coutume avec les débutants qui venaient de prouver leur valeur, les rabatteurs plus expérimentés lui sautèrent dessus et lui enduisirent la tête du sang épais du foie. Quand elle se redressa, son visage couleur fauve était devenu un masque rouge sur lequel ressortaient ses yeux vert vif.

— Une biche rousse pour une louve rousse ! aboya quelqu'un.

Les loups n'avaient pas fini de hurler, car la biche était plus grasse que prévu. L'odeur du sang, des entrailles ouvertes et des os fraîchement nettoyés emplit l'air. Au milieu de ce joyeux chaos, Mhairie trottina jusqu'au bosquet où Faolan attendait.

— Tiens, dit-elle en lâchant un fémur devant lui. Tu t'es bien débrouillé aujourd'hui. Tu me ferais honneur en gravant l'histoire de ma première chasse. Tu pourrais l'appeler… (Elle baissa les yeux d'un air timide.) « Mhairie et la biche des Sources Jaunes ».

— Oui, je pourrais.

L'unique privilège du croc-pointu était de décider du titre des récits qu'il gravait. L'os de Heep que Faolan avait été forcé de porter sur le sentier de la honte s'intitulait : « La Disgrâce de Faolan ». Il avait ajouté le sous-titre suivant : « L'Abominable Violation des commandements du byrrgnock par un croc-pointu ».

— Bon, reprit Mhairie, euh… Je voulais juste te dire que… tu t'es bien comporté. Je sais que tu peux courir vite, très très vite… Enfin, pour un mâle. Alors merci.

Sur ces mots, elle retourna auprès des autres.

— Urskadamus ! marmonna Faolan, agacé. Elle s'attendait à quoi ? Elle voudrait peut-être que je lui lèche les pattes sous prétexte qu'elle s'est abaissée à me dire merci ?

CHAPITRE QUINZE

UN TOUT PETIT OS

La lune rougeoyait, comme teintée du sang de la cailleach. Elle se glissa lentement derrière l'horizon, à l'ouest. La première patte du Grand Loup était apparue dans le ciel parsemé d'étoiles. Cette vision réjouissait les clans du Par-Delà. Mais Faolan, lui, ne pensait qu'à la petite louve fauve qu'il avait abandonnée.

Il avait pris une décision. Il voulait ériger un *drumlyn* pour honorer sa mémoire. Quand il aurait trouvé assez d'os, il les emporterait et en ferait une pyramide d'où l'esprit de la petite pourrait bondir jusqu'au premier barreau de l'échelle d'étoiles et s'élancer vers la Grotte des Âmes.

Faolan grimpa jusqu'au sommet de la crête montagneuse. Il examina les lieux et, ne trouvant rien, il comprit que les os avaient sans doute glissé en bas de la pente à cause des averses abondantes de l'hiver.

Il fouilla le pied du talus, en particulier les petits ruisseaux formés par les eaux de pluie. Il chercha ainsi toute la nuit.

Au moment où l'horizon virait au rose sombre, il aperçut un objet d'un blanc éclatant qui dépassait du sol. Il creusa délicatement autour avec ses griffes, puis il l'extirpa. Il le posa par terre et l'étudia. Était-ce une minuscule côte ? De profondes entailles recouvraient sa surface.

Un grondement sourd monta en Faolan. Les poils de son collier se hérissèrent. Le prédateur qui avait pris la vie de cette louve s'était comporté avec une brutalité révoltante. Quel monstre avait pu faire ça ? Faolan ramassa le petit os et se promit de revenir une autre fois pour en trouver d'autres.

Il n'existait qu'un seul endroit où le laisser : avec la patte de Cœur-de-Tonnerre. Il souffrait en pensant à l'agonie de la femelle, mais cela le réconfortait de savoir que Cœur-de-Tonnerre veillerait sur elle. Avec le retour du Grand Loup dans le ciel, sans doute pourrait-elle rejoindre vite la Grotte des Âmes.

Il retourna explorer le talus dès le soir suivant. À son arrivée, il crut sentir une présence. Il leva la truffe au vent mais ne put détecter aucune odeur. D'autres loups rôdaient peut-être dans les environs. Après tout, il n'était pas très loin du territoire de la meute de l'Herbe de Feu.

C'était une nuit sombre et sans lune. Pourtant Faolan croyait voir des ombres glisser autour de lui. « Je deviens aussi froussard et superstitieux que les loups des clans », se sermonna-t-il.

Il se mit au travail. Il dénicha plusieurs petits os, tous incisés de profondes marques. Malgré ces terribles griffures, il en trouva un dont la forme était jolie et qui semblait presque l'inviter à graver les détails de la brève vie de la petite. Alors Faolan commença à le ciseler.

Il s'arrêta bientôt, toutefois, gagné par une profonde gêne.

« Je ne peux pas faire ça, se dit-il. L'histoire de ce louveteau n'est pas complète. » Il lui semblait que la violence qui s'était abattue sur la petite gâtait la poésie de sa gravure.

Faolan trouva d'autres os, trop pour pouvoir les emporter en un seul voyage jusqu'à sa cachette. Il partit avec un premier chargement et, alors qu'il venait chercher le deuxième, il constata que l'os qu'il avait en partie gravé avait disparu. Un profond trouble s'empara de lui. Quelqu'un l'avait-il vu ici ? Et pour quelle raison cet inconnu aurait-il emporté cet os ?

À son retour au clan, l'excellente partie de chasse de l'avant-veille continuait de répandre un parfum d'excitation dans l'air. L'odeur du sang commençait à peine à disparaître. Des piles d'os attendaient les trois crocs-pointus. Faolan concentra son attention sur le fémur que Mhairie lui avait présenté.

Un mince croissant de lune se levait. Alastrine se joignit à Greer, la skreeleen de la meute du Fleuve, pour célébrer la fin de la saison de la faim. Puis, au milieu de la nuit, une pluie torrentielle se mit à tomber, et la foudre déchira le ciel. On aurait dit que des centaines de minuscules éclats d'os transperçaient la voûte céleste.

Cette nuit-là, les skreeleens hurlèrent l'histoire de Skaarsgard, le loup céleste qui aide les petits à grimper l'échelle d'étoiles. Faolan y vit un bon présage : la petite louve était en chemin vers la Grotte des Âmes. Tout irait bien. Il pouvait dormir sereinement.

Mais les skreeleens poursuivirent par une des histoires préférées du clan, celle d'un louveteau obstiné qui s'entêtait à descendre l'échelle. Il s'agissait d'un conte à plusieurs voix. Alastrine incarnait Skaarsgard et Greer le louveteau.

— *Pourquoi t'en vas-tu, Petit Louveteau, Petit Louveteau ? appelait Skaarsgard.*

114

— Je veux manger du renard ; ma maman chasse le renard au printemps, répondait Petit Louveteau.

— Tu n'as pas besoin de viande dans la Grotte des Âmes, Petit Louveteau, Petit Louveteau.

— Mais je n'ai jamais goûté la chair des saumons qui nagent dans la rivière.

— Tu as laissé tes dents derrière toi, Petit Louveteau, Petit Louveteau. Tu es un esprit libre, ton âme s'est envolée. Ne pense plus à la viande, Petit Louveteau, Petit Louveteau.

— Je voudrais rêver, mais je ne peux pas. Laisse-moi manger. Laisse-moi manger.

— Tu ne peux pas avoir faim. Tu es une âme sur l'échelle d'étoiles.

— Si, j'ai faim.

— De quoi as-tu faim ?

— Des rêves que je ne ferai jamais. De la viande que je ne goûterai jamais. Des rivières dans lesquelles je ne nagerai jamais.

C'était la première fois que Faolan entendait ce conte. Il ne le trouvait pas drôle du tout, contrairement aux autres. Il dormit d'un sommeil irrégulier, entrecoupé de visions cauchemardesques. Comme Petit Louveteau, la louve malcadh ne cessait de dégringoler de l'échelle d'étoiles – non parce qu'elle avait faim ou qu'elle

115

voulait nager dans la rivière, mais pour crier vengeance.

Quand il s'éveilla à l'aube, ses coussinets étaient humides et blanchis par le sel tant il avait transpiré. Ce sel avait le goût des mauvais rêves et de la peur.

CHAPITRE SEIZE

LE BROUILLARD DE MORAG

Brangwen regarda sa compagne, Morag, sortir à pas raides de la grande grotte qu'ils partageaient avec leurs trois petits âgés de un an, à la pointe du territoire MacDonegal. Ils appartenaient à la meute des Danseurs Géants. On la nommait ainsi à cause de la dizaine de grands rochers qui se dressaient dans la plaine environnante. Morag courait après Brecco, le cadet de la portée, qui avait rapporté un lièvre dégoulinant de sang dans la grotte. Bien entendu, cela ne se faisait pas. Brecco était devenu un chasseur efficace, mais ses manières restaient déplorables. Comptait-il inviter un caribou dans leur tanière ?

Brangwen avait voulu le pourchasser lui-même pour lui donner une bonne calotte sur les oreilles. Mais Morag avait sauté sur ses pattes et décrété :

— Non, j'y vais.

Depuis sa culbute pendant la chasse au bœuf musqué, Morag ne se sentait pas bien. La peur de tomber encore, sans doute. Elle bougeait lentement, d'une manière hésitante, comme une très vieille louve. Brangwen grimaça en la voyant se cogner contre un gros rocher. Leur fils tourna les yeux vers sa mère. Lorsque Brangwen entrevit son expression choquée, cela ne fit que remuer le couteau dans la plaie.

« Je ne dois pas me précipiter pour l'aider. Je dois la laisser se débrouiller seule », se dit-il. Il observa son fils : Brecco s'approchait de sa mère, les oreilles couchées, la queue entre les pattes. Morag gronda son petit. Elle lui donna une gifle sans grande conviction. Brecco resta debout, comme s'il attendait qu'elle le frappe plus fort. Cependant Morag lui tourna le dos et reprit le chemin de sa grotte.

Une fois à l'intérieur, sans un mot, elle fit deux petits tours sur elle-même et se coucha sur une peau de caribou, les paupières mi-closes. Brangwen scruta les deux fentes vertes de ses yeux et trouva que leur couleur était moins lumineuse qu'autrefois. Ils étaient comme recouverts par une fine pellicule. Il s'installa sur une autre peau à côté d'elle.

À cette époque de l'année, le soleil inondait la grotte toute la journée. Lorsque les ombres couleur lavande du crépuscule s'insinuèrent dans la tanière, Brangwen croyait sa compagne endormie. Il se trompait. Morag réfléchissait à la façon dont elle devait réagir aux ombres qui envahissaient lentement son être et à ce qu'elle devait révéler à son compagnon.

Morag n'avait jamais parlé à Brangwen de sa vie dans le clan MacDuncan. Elle n'avait pas voulu mentir. Seulement elle ne se souvenait plus vraiment du louveteau argenté, ni de ses frères et sœurs, au moment où elle avait rencontré son nouveau compagnon.

Elle avait envisagé plusieurs façons différentes de lui annoncer la vérité. Au moment de se lancer, elle pensa que la plus simple était sans doute la meilleure.

— Brangwen, dit-elle calmement. Les souvenirs sont revenus.

Le mâle sursauta.

— Quoi ? De quoi parles-tu ? Quels souvenirs ?

Elle ferma fort les yeux. Il lui semblait maintenant qu'elle voyait presque mieux avec les paupières closes.

— Brangwen, tu dois me croire. Je ne te mentirai jamais.

— Bien entendu. Comment pourrais-je douter de toi, Morag ?

Elle lui raconta ensuite tout ce qui s'était passé avant leur rencontre.

— Tu as donné naissance à un malcadh ? murmura-t-il, incrédule. Et nos petits qui sont si forts et si sains…

— Oui, parce que, toi et moi, nous faisons de beaux louveteaux, répondit-elle doucement.

— Ça, c'est sûr.

Il s'approcha d'elle et lui lécha le visage, essuyant les larmes épaisses qui roulaient de ses yeux.

— Je t'en aurais parlé, sauf que, vois-tu, à ce moment-là, je réussissais à oublier. C'est seulement quand… quand…

— Quand tu as senti l'odeur de ton fils…

Morag contempla Brangwen à travers ses yeux voilés.

— Oh, Brangwen, tu l'as appelé mon fils. Tu n'as pas dit « malcadh ».

— Je ne suis pas une femelle. Je n'ai pas mis de petits au monde. Aucune louve Obea ne m'a jamais arraché un nouveau-né pour l'emporter. Mais j'ai une sensibilité. Et je sens que ton cœur bat encore pour ce louveteau argenté auquel tu n'as jamais donné de nom.

— Oh, Brangwen…

— Te rappelles-tu quand tu m'as accordé ta patte ? C'était il y a deux automnes, je crois, pendant la Lune Caribou ?

— Non, pendant la Lune des Feuilles Rouges. J'ai bonne mémoire. Trop bonne mémoire…

— Nous devons discuter, chuchota Brangwen dans le creux de l'oreille qu'il venait de lécher. Tu dois me parler de tes yeux. Que se passe-t-il ?

— L'obscurité qui était dans mon ventre s'est étendue à mes yeux.

— Alors tu ne vois plus que du noir ? Comme s'il faisait nuit tout le temps ?

— Non, c'est plutôt comme si je m'enfonçais dans un brouillard. Et je m'enfonce vite. Je crois qu'il faut que j'aille rendre visite à la Sark du Marécage.

Elle sentit les poils de son compagnon se hérisser. Les mâles avaient peur de la Sark, plus encore que les femelles. Ses étranges pouvoirs les dérangeaient. Morag regrettait maintenant de ne pas être allée la voir plus tôt. On prétendait qu'elle préparait des potions qui aidaient à oublier et des fortifiants qui permettaient d'accueillir plus vite une nouvelle portée.

— Je t'accompagnerai, déclara Brangwen d'un ton ferme.

— Tu ne crains pas la Sark ?

— Je crains surtout que tu tombes ou que tu te perdes.

— Mais mon odorat s'est développé. Les odeurs me paraissent plus vives que jamais.

— Tu ne peux ni éviter les trous à l'odeur, ni repérer le chemin de la grotte de la Sark.

— Tu as sans doute raison. Et nos petits ? Qui s'occupera d'eux ?

— Leur tante Daraigh, bien sûr.

— Elle est sévère.

Il faillit répondre que Daraigh était moins sévère qu'elle-même ne l'était autrefois, mais il tint sa langue.

Leur décision était prise. Ils partiraient à l'aube pour le Marécage.

CHAPITRE DIX-SEPT

LE GÉSIER DE GWYNNETH

À l'instant où Morag et son compagnon quittaient leur tanière en direction du Marécage, la chouette Gwynneth s'envolait au-dessus du Cercle Sacré des Volcans. Sa moisson de charbons flagadants avait été excellente. Elle était restée une lune entière dans la région. Pourtant elle n'avait pas réussi à s'ôter de l'esprit la scène terrible à laquelle elle avait assistée sur la montagne. Les cris épouvantés de la petite louve malcadh et l'image de son petit corps démantelé la hantaient. Si Hamish, le vieux Fengo de la Ronde, était encore là, elle en aurait discuté avec lui. Mais il avait été remplacé par un dénommé Finbar, qu'elle connaissait moins bien.

« Peut-être devrais-je aller voir la Sark du Marécage ? » pensa-t-elle. La Sark appréciait beaucoup les flagadants. Elle aimait aussi les chouettes, d'ailleurs. À tel point qu'on prétendait

qu'elle s'entendait mieux avec ces oiseaux qu'avec
ses semblables.

La Sark était en train de retirer des marmites
de son four quand Gwynneth se posa.

— J'ai d'excellents flagadants pour vous,
m'dame.

— Tu as des charbons de moins bonne qualité ?

De moins bonne qualité ? Pour quoi faire ?

La louve tourna la tête et regarda Gwynneth
d'un air narquois.

— Pour les charbonniers et les forgerons soli-
taires, plus un charbon est chaud, mieux c'est.
Sauf que toi, ma chère Gwynneth, tu forges
des métaux. Moi, je travaille la terre, l'argile, le
verre – du verre fabriqué à partir d'os pilonnés,
de sable, de borax et de tous les minéraux que
je peux extraire de la rivière. Mais le véritable
secret de la fabrication du verre, c'est la température. Et pour obtenir la bonne température,
devine quel est l'ingrédient secret ?

— C'est quoi ?

— De la crotte.

— De la crotte ?

Gwynneth était très choquée. Il faut dire que
les chouettes en général étaient fières de leur

système digestif qui leur permettait de recracher des pelotes.

La Sark donna un coup de patte dans un tas de crottes d'élan qu'elle envoya rouler en direction de Gwynneth.

— Beurk !

— Oh, s'il te plaît ! L'odorat des chouettes n'est pas terrible ! Ne fais pas la dégoûtée.

Sur ce, la sorcière se mit à former des pâtés avec les excréments secs.

— Ces petits blocs brûlent lentement. Je peux obtenir des verres magnifiques avec ça.

Elle marqua une pause et leva les yeux. Son œil capricieux faisait des bonds, mais l'autre était braqué droit sur le visage de la chouette. Elle étudiait son expression.

— Eh bien, qu'est-ce qui ne va pas ?

— Que voulez-vous dire ?

— Tu as l'air malade, comme si… Tu as la barbouillade ? Tu craches des pelotes toutes molles ?

La Sark examina l'effraie masquée avec intensité.

« Mon dieu ! pensa Gwynneth. Cette louve voit tout. On ne peut rien lui cacher. » Elle ressemblait aux guérisseurs du Grand Arbre de Ga'Hoole, que les chouettes venaient voir quand elles étaient très malades. Gwynneth allait lui rapporter ce qu'elle avait vu sur la crête quand une pelote jaillit de son bec.

— Oh, pardon, m'dame. Je ne voulais pas cracher de pelote ici.

— Ne sois pas ridicule ! répliqua la Sark en ramassant la pelote entre ses dents. Au contraire, je vais l'ajouter à un de mes petits pâtés. Mon petit doigt me dit que ça va faire un mélange détonant. Ça ne te dérange pas, au moins ? Si tu savais depuis combien de temps j'essaie d'obtenir un verre turquoise mat !

— Bien sûr, je vous en prie.

Une fois que la louve eut introduit son étrange combustible dans le four, elle se tourna de nouveau vers la chouette.

— Bien, maintenant que tu as craché ta pelote, raconte-moi tout.

Gwynneth inspira profondément.

— C'est à propos… d'un malcadh.

Alors qu'elle tirait une fourrure près du feu pour son invitée, la Sark s'interrompit brusquement. Son mauvais œil se figea.

— Pourquoi une chouette s'intéresserait-elle à un malcadh – à part pour le tuer ?

Gwynneth, indignée, fit bouffer son plumage.

— Parce que figurez-vous qu'un loup s'en est occupé avant qu'une chouette, un renard, un couguar, ou un élan, en ait eu le temps, répliqua-t-elle sèchement.

Les poils de la Sark se dressèrent droit sur son dos.

— Que dis-tu ? La mère est revenue ?

— Non, pas la mère. Et le louveteau n'a pas été dévoré.

La louve retint son souffle.

— Il a été assassiné.

L'œil torve de la Sark se mit à tournoyer à toute vitesse et ses jambes tremblèrent sous elle.

— C'est impossible ! Jamais, au cours de toutes ces années…

Elle se laissa tomber sur un tas de peaux de lapins.

— Gwynneth, raconte-moi ce que tu as vu et entendu dans les moindres détails.

Cette dernière s'exécuta. À la fin de son récit, comme le feu crépitait et faiblissait, la Sark se leva pour aller chercher du petit bois.

— Vous êtes sûre de ne pas vouloir un flagadant ? proposa Gwynneth, seulement pour briser le long silence de la Sark.

— Non, grogna la louve. Pourquoi gâcher un bon flagadant dans un feu de tanière ? J'ai de la fourrure, je te rappelle.

Après s'être occupée de son foyer, la louve se recoucha.

— C'est très sérieux, c'est gravissime. Et tu n'as aucune idée de qui a fait le coup ?

— Aucune. C'est pourquoi je suis ici. Je pensais que vous sauriez peut-être.

— À mon avis, seul un loup atteint de la maladie de la gueule écumante est capable d'un crime pareil. Tu n'as pas repéré d'odeur particulière ? Oh, j'oubliais, tu ne sens presque rien…

— Non. Mais j'ai pensé à un barbare des Confins.

— Les clans l'auraient su. Ils ont un système d'alerte très élaboré.

La Sark enfonça son museau entre ses pattes. « Pourquoi ? Pourquoi un loup ferait-il une chose pareille ? » Elle resta immobile pendant de longues minutes avant de se redresser.

— Tu es la seule à être au courant ?

— Eh bien, je suppose. Quelqu'un d'autre a pu découvrir les… les restes depuis, cela dit. Mais qui pourrait deviner que l'assassin est un loup ? Moi, je volais juste au-dessus quand c'est arrivé. Vos dents du fond produisent un bruit particulier quand vos mâchoires se referment. Un son sec et bien net, comme deux lames qui s'entrechoquent.

La Sark ouvrit grand la gueule pour montrer ses formidables dents carnassières.

— Oui, très impressionnantes, affirma Gwynneth en détournant les yeux.

La Sark referma la bouche.

— Je pense que nous devrions garder cela pour nous. J'ai besoin de réfléchir. Décris-moi l'emplacement exact du *tummfraw*. Je vais y aller et tenter de repérer des odeurs.

Gwynneth traça une carte sur le plancher de la grotte avec ses serres. La Sark se rendit compte qu'il s'agissait de l'endroit précis où Faolan avait vu le bébé de la femelle qui était venue chez elle.

— Faolan est passé là-bas, indiqua la Sark d'un ton détaché.

— Vous ne suggérez tout de même pas que Faolan est responsable ! protesta Gwynneth.

— Oh, non. Mais il a vu le louveteau. Au moins un jour et une nuit avant toi. Il était dans tous ses états quand il est arrivé ici. Imagine ce que ressent un malcadh en apercevant un bébé sur un tummfraw, sachant qu'il a enduré la même épreuve. Ça l'a complètement retourné.

— Oui, bien sûr… Si vous pouviez voler, et si j'avais votre odorat, nous formerions une sacrée équipe ! soupira-t-elle.

La Sark cligna des yeux.

— Excellente idée ! s'écria-t-elle.

— Je ne vous suis pas.

— À deux, nous pouvons résoudre cette affaire !

C'est ainsi qu'elles décidèrent de se rendre ensemble sur la montagne, afin de chercher des indices susceptibles de mener au tueur – os, touffes de poils, odeurs, etc.

— C'est un plan brillant ! s'exclama la chouette.

Soudain, les narines de la vieille louve frémirent. Le vent avait tourné, et des odeurs vaguement familières s'insinuèrent dans la grotte. Cela ne lui disait rien qui vaille…

— Gwynneth, tu dois partir ! ordonna-t-elle d'une voix râpeuse. Des visiteurs arrivent, et il vaut mieux que je sois seule. Reviens dans deux nuits.

La chouette décolla sans tarder.

CHAPITRE DIX-HUIT

LE ROND-PELÉ

En tout, six crocs-pointus participaient au gadder-gnaw organisé pendant la Lune de l'Herbe Chantante. Ils s'étaient rassemblés pour s'entraîner en bas des pentes du mont Bossu, un endroit ouvert à toutes les meutes et à tous les clans.

Ce matin-là, ils rongeaient des os à l'intérieur d'une petite aire circulaire où l'herbe ne poussait plus : le Rond-Pelé. Au centre se dressait un tas d'os parmi lesquels les loups piochaient à volonté. Tout en rongeant, ils se parlaient à voix basse. Ils partageaient les ragots des clans, discutaient des épreuves à venir, de ce qu'ils connaissaient de l'histoire du Cercle Sacré des Volcans et des loups de la Ronde.

— On dit que des barbares auraient franchi la frontière, dit Tearlach, le croc-pointu sans oreille du clan MacAngus. Vous en avez entendu parler ?

— Où ? Près d'ici ? demanda nerveusement Edme, la louve borgne du clan MacHeath.

— Ça m'étonnerait, répondit Heep. Il y a toujours des rumeurs. Si des barbares s'aventurent dans les parages, ce sera plutôt du côté du territoire MacDonegal, le plus proche de la frontière des Confins.

Voyant Edme frémir, Tearlach changea de sujet.

— On raconte aussi que, le jour où le vieux Hamish a été libéré de ses devoirs de chef de la Ronde, sa patte arrière s'est redressée d'un coup. Vous savez, celle qui était tordue vers l'arrière ? Un nuage est passé sur la lune, et quand il est parti, sa patte était dans le bon sens.

— Vraiment ? s'exclama Edme, le souffle coupé.

— Évidemment que c'est vrai ! aboya Heep. Pourquoi ce serait faux ?

— Je croyais que ce n'était peut-être qu'une légende.

— N'importe quoi ! gronda-t-il.

Son ton agressif décontenança les autres. Mais Edme ne releva pas et la conversation continua.

— N'y pensons pas trop. Si ça doit nous arriver, cela voudra dire que le bon roi Soren du Grand Arbre de Ga'Hoole est mort, et qu'une autre chouette a trouvé le Charbon.

— Je n'ai jamais rien compris à ces histoires de Charbon, avoua Faolan.

— C'est parce que tu es nouveau, décréta Heep. Tu ne comprends ni notre histoire ni nos coutumes.

Faolan se remit à ronger, décidé à ignorer le loup jaune.

— Raison de plus pour lui expliquer, Heep ! intervint Creakle, un mâle à qui il manquait une patte. Sinon, comment apprendra-t-il ? Comme tu sais, Faolan, le devoir de la Ronde est de protéger le Charbon de Hoole caché dans un des cratères des cinq Volcans Sacrés. Mais quand une chouette s'empare de ce Charbon pour devenir le nouveau roi du Grand Arbre de Ga'Hoole, il n'y a plus besoin de Ronde pour le garder. C'est ce qui est arrivé à Hamish quand Coryn est devenu le nouveau roi des chouettes. Alors, chaque loup de la Ronde a été libéré de ses fonctions, leurs membres abîmés se sont réparés, et ils ont pu reprendre une vie normale. Ensuite Coryn, juste avant de mourir, a jeté le Charbon dans un volcan et la Ronde s'est reformée.

— C'est une sorte de loi ? s'enquit Faolan.

Heep lâcha un rire moqueur, mais Creakle le fit taire d'un regard noir.

— Oh non, il s'agit d'une prophétie ! Une prophétie du tout premier roi des royaumes hooliens.

— Et elle s'est réalisée ! s'exclama Edme.

Cette histoire de deuxième chance, qui laissait entrevoir la possibilité de se voir offrir une vie nouvelle, émut profondément Faolan.

Les loups restèrent muets un long moment. Faolan aimait cette atmosphère de camaraderie paisible. Seule la présence de Heep à côté de lui l'ennuyait. Il entendait le cliquetis particulier de sa dent ébréchée sur l'os. Les loups d'un même clan travaillaient toujours côte à côte, si bien que Heep, le Siffleur et Faolan ne se quittaient jamais.

Face à Faolan se dressait Creakle, le loup du clan MacDuff. Il y avait aussi Tearlach du clan MacAngus et Edme, la louve borgne que le clan MacHeath maltraitait de manière épouvantable. Parmi les coutumes les plus terribles des MacHeath, on racontait qu'ils mutilaient volontairement de jeunes louveteaux dans l'espoir d'obtenir une place pour leur clan dans la Ronde sacrée des volcans. Autrefois, la Ronde était composée exclusivement de membres du clan MacDuncan, mais quand Hamish était devenu le nouveau Fengo, il avait travaillé dur afin de modifier la loi. Il estimait qu'un peu de sang neuf revigorerait la Ronde.

Faolan s'entraînait sur un dessin qu'il voulait peaufiner avant de pouvoir le graver un jour sur la patte de Cœur-de-Tonnerre. Il s'agissait d'un souvenir de nuit d'été où celle-ci lui montrait les constellations en les désignant par leur nom, dont la première d'entre elles, bien sûr : le Grand Ours. Faolan était déterminé à reproduire le Grand Ours sur cet os, du museau jusqu'à l'extrémité des pattes arrière, dans les moindres détails.

Edme se leva pour se dégourdir les pattes.

— Oh, par ma truffe ! Regardez ce que Faolan a fait ! s'exclama-t-elle.

— Quoi ? grogna Heep.

— C'est la plus belle gravure de constellation que j'aie jamais vue. Il y a toutes les étoiles autour.

— On dirait un ours, pas un loup, critiqua Heep avec un regard mauvais.

— C'était l'idée. Pour les ours, le Grand Loup correspond au Grand Ours. Ma mère adoptive me l'a appris. Le Grand Ours est tendu vers Ursulana, l'endroit où l'esprit des ours va après leur mort.

— Oh, tu parles encore de cette femelle grizzly, marmonna Heep.

— Cette constellation est magnifique, Heep ! protesta Edme. Quelle différence qu'on lui donne tel ou tel nom ? Les étoiles ont des significations différentes selon les espèces, et les paradis ont plusieurs noms. C'est une source de richesse pour tous.

Elle trottina jusqu'au centre de l'aire et choisit un fémur dans la pile, puis elle retourna à sa place et se mit à le ronger avec application.

— Je recommence ! Un nouvel os, un nouveau dessin ! L'exemple de Faolan m'a inspirée !

Edme était une louve tellement joyeuse, en dépit de son aspect pitoyable.

— Oui, le dessin de Faolan est superbe, acquiesça le Siffleur, penché sur l'épaule de son camarade. Edme a raison, quelle différence que ce soit un ours plutôt qu'un loup ?

— Parce que c'est insultant, peut-être ? marmonna Heep.

— Tu dépasses les bornes, dit Creakle.

— Chacun son opinion, Creakle. Moi, je considère que c'est faire offense au dieu Lupus.

— Oh, vraiment ? grogna le Siffleur d'un ton menaçant.

Faolan était habitué à ce que ses gravures alimentent les conversations, surtout depuis qu'il avait ciselé les os du repentir. L'élégance, la beauté et la précision de son trait excitaient la rumeur. Certains allaient jusqu'à prétendre qu'il était envoyé par le Monde des Ténèbres, voire qu'il était l'enfant d'un barbare ! On l'observait de près, dorénavant, ce qu'il trouvait déstabilisant. Si Heep commençait à raconter partout qu'il avait manqué de respect à Lupus, cela pourrait lui attirer des ennuis. Et, en même temps, Faolan refusait de modifier son dessin. Cela lui semblait malhonnête. Il voulait montrer comment les ours percevaient le ciel nocturne. L'univers entier devait-il toujours tourner autour des loups ?

Edme fit une pause dans son travail.

— Les loups et les couguars connaissent le mot « peler », mais ils lui donnent un sens très différent. Ça ne vous a jamais frappés ?

Heep lâcha son os. Il se mit à se tortiller, comme souvent lorsqu'il s'apprêtait à formuler un de ses modestes discours.

— J'ai bien conscience d'être le plus humble des crocs-pointus réunis ici, et j'outrepasse sans doute mon rang inférieur en donnant mon avis, cependant il me semble que la respectable croc-pointu du clan MacHeath va trop loin.

Faolan sentit ses poils se hérisser. Heep avait le don de déguiser ses remarques cruelles en belles paroles. La pauvre Edme savait qu'elle était la croc-pointu la moins respectée de tout le Par-Delà : son clan brutal ne se trouvait qu'à un poil de moustache d'être classé parmi les barbares. Les mots de Heep remuaient le couteau dans la plaie.

— À mon humble avis, c'est absurde de comparer ainsi les couguars avec nos nobles clans de loups, poursuivit Heep.

Là-dessus, il se leva, contourna le cercle central et mordit brutalement l'oreille d'Edme.

— Aïe ! cria la louve.

Un filet de sang ruisselait dans son cou.

Surpris, les autres crocs-pointus restèrent sans bouger pendant quelques secondes. Puis Tearlach s'approcha d'Edme, tandis que le reste des mâles se mettait debout, les poils hérissés.

— Ça va, Edme ? demanda Tearlach.

— Oui, ce n'est pas profond. Ça va aller.

Son visage la trahissait. Elle paraissait sur le point de se décomposer. Son museau tremblait, de grosses larmes roulaient sur ses joues. Elle fixait Heep avec des yeux pleins d'incompréhension.

— Pourquoi ? Pourquoi as-tu fait ça ?

— Tu dois apprendre, Edme. Tes commentaires font insulte à notre espèce.

— Je… je…

« Elle ne va quand même pas s'excuser ! » pensa Faolan. Il avait assez supporté le loup jaune pour ce matin. Heep était furieux contre Edme, parce qu'elle avait eu le malheur d'attirer l'attention sur ses dessins. Elle payait pour la jalousie de Heep à l'égard de Faolan. C'était trop injuste.

Faolan se tourna vers Heep. Les autres lâchèrent leurs os quand ils virent sa queue dressée, sa tête haute et ses oreilles pointées, en signe d'agressivité et de domination.

Il fit le tour de Heep d'une démarche fière, avant de s'immobiliser face à lui. Là, il gronda et montra les crocs.

— Heep, tu as beau répéter que tu es modeste et humble, en vérité, tu es prétentieux et hypocrite. L'orgueil et la malhonnêteté t'ont rendu méchant. Ce que tu viens de dire à Edme était cruel. Veux-tu que je t'apprenne la véritable humilité ?

Le loup argenté se dressa sur ses pattes arrière et appuya de toutes ses forces ses pattes avant sur les épaules de Heep pour le plaquer au sol. Ils ne se livraient pas combat, bien sûr – pas une goutte de sang ne fut versée. Mais ce qu'il se passait là était peut-être plus grave encore. Les autres crocs-pointus furent effrayés par l'attitude de Faolan. Il violait toutes les règles du *gaddernock*. Un croc-pointu n'avait pas le droit d'employer des gestes de domination.

Heep se remit debout en vacillant, les oreilles couchées et le regard fuyant.

— Tu viens de commettre une grave erreur, croc-pointu, marmonna-t-il, les mâchoires serrées. Attends que je rende compte de ton comportement aux chefs et c'en sera fini de toi.

La voix frêle du Siffleur s'éleva, glaçante, telle une rafale s'engouffrant entre deux montagnes.

— Non, Faolan n'en a pas terminé ici. Et tu ne feras aucun rapport, Heep, crois-moi !

À son tour, il se dressa sur ses pattes arrière et écrasa Heep. Puis Creakle, à qui il manquait une patte antérieure, imita son geste. Tearlach fit de même ensuite. Enfin, Edme s'avança.

Son unique œil était d'un vert profond, vibrant, et noyé de pleurs.

— Tu m'as blessée, Heep, dit-elle de sa petite voix claire. Je ne parle pas seulement de mon oreille. Tu m'as adressé des paroles cruelles. Je connais bien la cruauté, tu sais. Le clan MacHeath est à peine civilisé. Mais ici, nous nous devons le respect. Ne l'oublie pas, Heep.

Faolan fut profondément touché par la loyauté des autres crocs-pointus et s'endormit sereinement ce soir-là. Pourtant, une fois encore, son sommeil fut troublé par des visions de la petite malcadh se précipitant au bas de l'échelle d'étoiles. L'insupportable cliquetis des dents de Heep s'insinuait dans ses cauchemars. Pourquoi n'arrivait-il pas à penser à autre chose ? Combien d'os lui faudrait-il dénicher avant de trouver la paix ?

CHAPITRE DIX-NEUF

UNE NUIT SANS LUNE

Heep quitta l'aire d'entraînement tremblant de rage. De rage et de peur. Il se méfiait de Faolan depuis le premier jour, quand il l'avait vu sauter par-dessus le mur de flammes. Les rumeurs n'avaient cessé de poursuivre le loup argenté depuis, à la grande satisfaction de Heep. Ce n'était pas assez cependant. Ce croc-pointu défiait l'ordre chaque jour, par son attitude et ses gravures sacrilèges. Il fallait l'arrêter. Les clans, en particulier les MacDuff, avaient déjà beaucoup de soupçons à son égard. Heep s'assurerait que ce qui s'était produit à l'entraînement conduirait Faolan à sa perte.

Heep avait passé sa vie à pleurer sur son sort. De toutes les infirmités dont souffraient les crocs-pointus, il n'en existait pas de pire que la sienne. Rien n'égalait la honte d'être né sans queue. La queue servait à manifester tant

142

d'émotions. Haute et frétillante, elle indiquait la confiance et la joie. La tenir immobile et dans le prolongement de l'échine signifiait une intention agressive. Basse, elle montrait la soumission et, rentrée entre les pattes arrière, elle révélait la peur. Pour Heep, l'humilité était la plus importante des valeurs, mais il ne disposait même pas de l'instrument le plus important pour l'exprimer.

Quelle injustice ! Parfois il en venait à regretter de ne pas être mort quand il était bébé. Mais qu'y pouvait-il ? Seul un miracle pourrait l'aider. Il n'avait aucune chance de voir une queue lui pousser.

Au cœur de la nuit sans lune, Heep sentit Faolan remuer. « Où est-ce que cet immonde loup va encore traîner ? » se demanda-t-il. Le mâle argenté était rusé. Même par des nuits pluvieuses, et malgré sa patte mal tournée, il trouvait toujours un moyen de camoufler ses empreintes. Il était dur à suivre et voyageait vite.

Heep se leva et sortit en silence du campement. Il voulait tenter une nouvelle fois de suivre cette queue argentée qui ondulait comme un drapeau dans l'obscurité.

La nuit avait été longue, et il avait fallu deux fois plus de temps que d'habitude à Faolan pour se rendre jusqu'au tummfraw. Au début, il avait eu la sensation d'être suivi et avait multiplié les détours. Il avait hâte à présent que le gris de l'aube chasse l'obscurité de cette nuit sans lune.

Un vent de nord-est avait commencé à souffler, accompagné d'un brouillard humide et épais. Bientôt une pluie fine se mit à tomber. Faolan scruta les derniers os de la malcadh qu'il venait de déterrer sur la crête, avant de les ensevelir avec les autres dans sa cachette. Le front plissé, il examina les marques.

Une grêle de coups de crocs s'était abattue sur la jeune louve. Son squelette était couvert d'entailles. Pourquoi une telle violence ? Quel animal avait pu faire ça ? Pourquoi le tueur était-il en colère contre sa proie, un bébé sans défense ? Pourquoi cette folie ?

Après avoir rangé les minuscules os tout contre la patte de Cœur-de-Tonnerre, Faolan se tourna vers le nord et se dirigea vers l'Éboulis de l'Est. La préparation au gaddergnaw sur les pentes ouest du mont Bossu s'était achevée, et les meutes étaient rentrées dans leurs campements respectifs. Le brouillard s'était épaissi, mais Faolan connaissait le chemin par cœur. Il trouvait du réconfort à être coupé du monde par les volutes vaporeuses de la brume. Protégé du froid par sa fourrure encore épaisse au sortir de l'hiver, il était seul avec ses pensées et se laissait aller à rêver de Cœur-de-Tonnerre et de la petite louve rousse.

CHAPITRE VINGT

DES VISITEURS

La Sark croyait avoir tout vu. Elle ne pensait pas que, à son âge, des événements inattendus pourraient encore l'étonner. Et pourtant, elle arpentait à présent sa tanière d'un pas mal assuré, frappée de stupeur. D'abord on assassinait une malcadh, et ensuite, la mère de Faolan débarquait chez elle ! Elle avait immédiatement fait le rapprochement entre l'odeur de cette louve et celle du jeune croc-pointu. Encore plus extraordinaire : depuis son arrivée, Morag ne cessait de renifler les fourrures où Faolan s'était couché. Comment pouvait-elle se rappeler le parfum d'un fils né deux ans plus tôt, qu'elle n'avait connu que quelques heures ?

— Beaucoup de loups viennent vous voir ? s'enquit Morag d'un air nerveux.

— Quelques-uns.

— Vous pensez pouvoir l'aider ? demanda Brangwen.

— Difficile à dire. Venez vous placer de l'autre côté du feu, ma belle.

La Sark voulait éloigner la louve du tas de peaux. Elle roula des compresses de bourrache et d'écorce de bouleau pilée d'une patte tremblante.

— Je suis en train de vous préparer des compresses. Il faudra les imbiber d'eau de la rivière avant de les appliquer. Vous pourrez les faire vous-même quand celles-ci seront usées. C'est juste de la bourrache et de l'écorce de bouleau. Si vous ne trouvez pas de bourrache, utilisez de la mousse. Ainsi, vous n'aurez même pas besoin de les tremper dans l'eau.

Sa voix chevrotait. Elle espérait que ses visiteurs ne s'en apercevraient pas.

— Et si ça ne marche pas ? s'inquiéta Brangwen.

« Quelle question ! Qu'est-ce qu'il veut que je lui dise ? pensa-t-elle. Si ça ne marche pas, elle perdra la vue. Elle ne sera plus capable de chasser. Elle deviendra un fardeau pour sa meute et son clan. Leur part de viande diminuera. » La Sark devinait que cette louve avait été une grande chasseuse. Probablement une rabatteuse. Elle avait des épaules carrées et des pattes arrière puissantes. Mais avec sa vue qui se dégradait, sa démarche se faisait hésitante, et elle donnait l'impression d'être très affaiblie. Les loups

147

qui voyaient mal bougeaient lentement, prudemment. À mesure que le monde autour d'eux
s'effaçait, ils se recroquevillaient. Leurs muscles
semblaient se contracter, et ils se retiraient à
l'intérieur d'eux-mêmes, comme au fond d'une
coquille fragile, pâle ombre de ce qu'ils avaient
été autrefois.

— Si ça ne marche pas…, soupira la Sark. Je
ne peux pas répondre à cette question. Peut-être
pourriez-vous envisager de vous joindre au clan
MacNamara ? Comme vous le savez sans doute,
ce clan se montre très tolérant vis-à-vis des
femelles qui ont bien servi leur meute mais qui
sont devenues vieilles avant l'âge.

— C'est si loin, murmura Brangwen.

Morag resta silencieuse. Son esprit était ailleurs, déjà.

La Sark les regarda s'éloigner sur le chemin
tortueux qui conduisait hors de son campement. Elle glissa d'autres pâtés de crottes d'élan
dans son four, puis retourna dans sa grotte pour
attraper le pot à souvenirs consacré à Faolan. Il
contenait tous les souvenirs qu'elle conservait
de lui, de la première fois où elle avait aperçu
son empreinte jusqu'à sa dernière visite. Elle

enfonça son museau dans le bocal et se mit à chuchoter :

— Aujourd'hui, dernier jour des lunes d'hiver, j'ai accueilli dans ma tanière la louve Morag, mère du malcadh Faolan, désormais compagne de Brangwen et membre du clan MacDonegal. Je crains qu'elle n'ait détecté une trace de l'odeur de son fils. C'est une louve vigoureuse, dotée d'une large poitrine et de hanches puissantes. Une rabatteuse, je pense. Pourtant, ses jours au sein de la meute sont comptés. Elle souffre de la maladie de l'œil laiteux et sera bientôt aveugle, j'en ai peur. Que Lupus veille sur elle en attendant qu'elle grimpe l'échelle d'étoiles.

La Sark sortit de sa tanière et leva les yeux, scrutant le ciel à la recherche de Gwynneth.

CHAPITRE VINGT ET UN

UN MYSTÉRIEUX INCONNU

Faolan avait perdu le compte du nombre de voyages qu'il avait effectués jusqu'à la crête. Et, pourtant, il était plus frustré que jamais. Il voulait percer le mystère de la mort inadmissible de la petite malcadh avant de lui ériger un drumlyn. Alors, chaque fois qu'il trouvait des os, il les cachait consciencieusement en attendant d'en savoir plus. Il se disait qu'aussi longtemps qu'ils resteraient entre les griffes de Cœur-de-Tonnerre, ils seraient en sécurité.

Cette nuit-là, peu de temps après son départ, deux autres animaux entreprirent de ratisser la pente de la montagne. Gwynneth planait bas au-dessus de la Sark, tandis que la louve reniflait les pierres.

— Tu veux bien me laisser respirer ? Cesse de te coller à moi, comment veux-tu que je flaire quoi que ce soit ? grommela la Sark.

— Pardon ! répondit la chouette.

— Tu ferais mieux de voler plus haut pour essayer de repérer des os au pied de la pente.

— Oui, bien sûr.

La Sark avait l'impression d'être piégée dans un labyrinthe d'odeurs. Il y avait celle de la malcadh. Elle n'eut aucune difficulté à l'identifier puisqu'elle l'avait déjà sentie sur sa mère et sur Faolan. Elle reconnut également le fumet de Faolan. Un élan était passé par ici, de même qu'un couguar. Mais sous tous ces effluves se cachait l'odeur d'un autre loup. Peut-être un membre du clan MacDuncan, ou du clan Mac-Duff. Quant à savoir de quelle meute !

L'odeur de Faolan était encore fraîche. Apparemment, il avait rendu visite à ce tummfraw de nombreuses fois. « Curieux… », se dit-elle.

— J'ai quelque chose ! J'ai quelque chose !

Gwynneth descendit en piqué avec une minuscule côte entre les serres. Elle la lâcha devant les pattes de la Sark.

La louve se pencha et la retourna doucement du bout de son museau.

— Ma chère Gwynneth, tu as déniché l'os d'un très jeune louveteau, âgé de deux jours maximum.

— Oui, il s'agit de la malcadh !

— Vraiment tu te surpasses ! Tu as des illuminations surprenantes parfois, dit la louve avec ironie. Elle était vexée que la chouette ait trouvé un indice avant elle.

— Merci du compliment, répliqua Gwynneth d'un ton égal.

La Sark fut décontenancée par cette réponse. Son mauvais œil se mit à sauter dans toutes les directions.

— Pardon. Ce n'était pas très gentil. C'est un bel os que tu m'as apporté là. Et regarde ces marques : elle confirment la violence du meurtre et renforcent ton témoignage. Nous avons déjà éliminé Faolan de la liste des suspects. Il se trouvait avec moi au moment du meurtre. Nous savons que notre coupable est un loup, grâce à ton ouïe remarquable. Ces marques de dents le confirment en effet : elles sont trop profondes pour être celles d'un renard, et moins fines que celles qu'aurait laissées un couguar. Jusqu'à présent, ajouta-t-elle en traçant des lignes au sol, j'ai détecté cinq odeurs différentes de loups.

— Cinq ! s'exclama Gwynneth.

— Oui, cinq. Certaines appartiennent à des loups qui sont venus ici, d'autres leur sont simplement associées. Il y a le louveteau, bien sûr, de même que l'Obea et Faolan. La quatrième odeur est sans doute celle du meurtrier. Quant à la cinquième, il s'agit d'une odeur forte associée au tueur, j'en suis presque sûre. Les deux sont indissociables.

— Il pourrait s'agir d'un complice, suggéra Gwynneth.

— Absolument ! Absolument. Nous devons envisager sérieusement la piste d'un complice.

CHAPITRE VINGT-DEUX

QUE LE TOURNOI DU GADDERGNAW COMMENCE !

Le Par-Delà était pour l'essentiel une région triste et sans vie. À cause de la glace, le sol, pauvre et maigre, était peu adapté aux forêts et à la végétation. Au sud, cependant, près de la frontière des royaumes hooliens, s'étendaient de grandes prairies. Un vent sec du sud-est soufflait sur les hautes herbes. « C'est vrai que l'herbe chante », pensa Faolan. Mais les aboiements et les hurlements couvraient à présent le murmure de l'herbe. Tous les clans au complet, même ceux qui n'avaient pas de croc-pointu, venaient assister aux jeux du gaddergnaw. Les festivités s'accompagnaient de chants, ainsi que de débats animés sur des points délicats des lois du Par-Delà. La fête commençait avant même le début de la compétition. Le moment le plus excitant, en dehors de l'annonce du vainqueur bien sûr, était l'arrivée du Fengo et des *taigas* de la Ronde.

Faolan et le Siffleur étaient en train de sélectionner leurs os pour la première épreuve quand Mhairie surgit de derrière un monticule d'ossements.

— J'ai vu des fémurs parfaits là-bas, dans cette pile, dit-elle en désignant un tas moins haut que les autres. On dirait qu'il a déjà été pillé, mais ce n'est pas le cas.

Aucun des crocs-pointus n'arrivait à s'habituer au changement d'attitude des autres loups à leur égard. Mais ce n'était que temporaire. Une fois les jeux terminés, les mauvais traitements reprendraient. Faolan ne pouvait pas s'imaginer rester un croc-pointu toute sa vie. Avait-il la moindre chance d'intégrer la Ronde ? Rien n'était moins sûr avec toutes les rumeurs qui circulaient à son sujet – en particulier la dernière, lancée avec succès par Heep, sur ses dessins prétendument insultants.

— Allons-y avant les autres ! s'écria le Siffleur.

— Euh… Faolan, tu peux m'accorder un moment ? demanda Mhairie.

— Oui, bien sûr.

— Je… je… je voulais juste te souhaiter bonne chance pour la compétition. Je suis certaine que tu te débrouilleras très bien dans l'épreuve de chasse. Tu es rapide. On te donnera soit une position de sous-lieutenant, soit une place parmi les loups de pointe. Parfois les sous-lieutenants rentrent dans les capitaines. Il faut beaucoup d'expérience pour l'éviter. Ça arrive tout le temps. Alors ne t'inquiète pas si ça se produit.

— Cette fois, aucun risque qu'on m'envoie sur le sentier de la honte, je suppose, répondit Faolan d'une voix neutre.

— Non, pourquoi serais-tu puni ?

— Bien sûr, les punitions ne recommence-ront à pleuvoir qu'à mon retour dans la meute.

— J'imagine, marmonna la louve, nerveuse.

— Tu voulais me dire autre chose, Mhairie ?

— Oui. Faolan, des rumeurs circulent dans le campement.

— Quel genre de rumeur ?

— C'est au sujet d'un os que tu as gravé à l'entraînement. Certains prétendent que... qu'il offenserait Lupus.

Elle baissa les yeux au sol et ne put réprimer un frisson.

— J'ai gravé une constellation, le Grand Loup, mais je l'ai représentée du point de vue de ma mère adoptive.

— L'ourse ?

— Exactement. Elle a été la première à me la montrer et, pour elle, il s'agissait du Grand Ours.

Mhairie pencha la tête sur le côté.

— C'est intéressant.

— Oui, Mhairie, et je ne crois pas que cela insulte Lupus.

— Non, pas du tout. Mais montre-toi quand même prudent.

Une ribambelle de louveteaux passa à côté d'eux en se courant après et en se chahutant. Une petite louve blanche s'arrêta en faisant un dérapage contrôlé.

— Stop ! Stop ! Je ne veux plus jouer à la bagarre. On joue à la Sark maintenant.

Mhairie se tourna vers les louveteaux.

— Voilà un jeu complètement idiot, rouspéta-t-elle.

Tandis que Mhairie s'en allait, Faolan resta pour observer les petits, fasciné. La femelle blanche était à l'évidence le chef de la bande.

— C'est toi, la Sark, décida-t-elle en s'adressant à un camarade à la fourrure marron clair moucheté de gris et de noir.

— Mais je suis un mâle.

— Ça n'a pas d'importance. Toi, tu seras l'Obea, ajouta-t-elle à l'intention d'un autre dont la robe grise avait la couleur d'un nuage de tempête.

— Non, les Obeas puent, se plaignit-il.

— Au contraire, elles ne sentent rien du tout. C'est bien le problème, d'ailleurs. Arrête de pleurnicher. C'est juste un jeu. Et, toi, Bryan, dit-elle à un autre loup blanc – son frère sans

157

doute –, tu seras le malcadh. Tu n'as qu'à marcher sur trois pattes comme tu t'es entraîné à le faire.

— D'accord, répondit-il d'un ton résigné, comme s'il était habitué à être commandé par sa grande sœur.

— Moi, je ferai la mère, décréta-t-elle. (Elle se jeta aussitôt sur le dos et se mit à sangloter.) Non, ne me prenez pas mon petit ! C'est ma dernière portée. Je vous promets que je n'en aurai pas d'autre. Laissez-moi ma fille !

— Je suis pas une fille ! protesta son frère.

— On va dire que tu es une fille. Tais-toi maintenant.

Le louveteau qui jouait l'Obea prit un air sévère.

— Je dois emporter cette malcadh jusqu'au tummfraw. Toi, va voir la Sark et demande une potion d'oubli.

La femelle tourna la tête vers le petit mâle tacheté et chuchota :

— Commence à mélanger la potion !

— Je n'ai rien à mélanger. Il n'y a ni herbes, ni plantes, ni feuilles ici. Il n'y a même pas d'écorce de bouleau.

— On s'en fiche. Mélange de la terre et des cailloux. C'est pour faire semblant. Quand la malcadh reviendra dans son clan, expliqua-t-elle à un copain, tu pourras commencer à lui donner

158

des coups de patte et à lui mordre les oreilles. Attention : pour de faux, hein !

Faolan suivait la scène, cloué sur place. « Pour de faux ! Ils rejouent l'histoire de ma vie. » Il faillit intervenir, mais pour dire quoi ? Les crocs-pointus n'avaient pas le droit de réprimander les louveteaux, de toute façon.

Mhairie réapparut soudain. Elle contourna un rocher et s'approcha de la petite bande.

— Ce n'est pas le moment de jouer à ça, dit-elle d'un ton sévère.

— Et pourquoi ? se rebella la petite louve. Parce que tu es plus grande et que c'est toi qui décides ?

— Non, répondit calmement Mhairie. Parce que ce mâle est un croc-pointu, expliqua-t-elle en désignant Faolan, et que sa vie n'est pas un jeu. Elle est bien réelle. Quand il est mordu ou battu, ce n'est pas pour de faux.

Les louveteaux se figèrent sur place. Puis la petite louve s'avança.

— Je n'avais jamais vu de mâle aussi gros que toi ! Tu es le croc-pointu qui a sauté jusqu'au soleil, hein ? Il paraît que tu as défié l'ordre.

— Je n'ai pas sauté pour décrocher le soleil. J'ai sauté pour rester en vie.

Faolan se redressa, dégagea ses épaules et dressa légèrement la queue. Les rayons du cré-puscule jouaient dans les reflets argentés de sa

fourrure et, devant tant de prestance, les louveteaux se turent à nouveau.

Soudain, un chant monta dans le ciel. C'était
Alastrine, la skreeleen du Carreg Gaer des Mac-
Duncan. D'autres skreeleens se joignirent aussitôt à son chant. Des aboiements et des hourras
éclatèrent dans tous les campements.

— Ils arrivent ! Ils arrivent ! Le Fengo Finbar
et les taigas arrivent !

— Viens, proposa Mhairie, je vais te montrer
un coin d'où on voit super bien.

Ils grimpèrent un escarpement. Une jeune
louve suivit leur exemple.

— Voici ma sœur Dearlea, dit Mhairie en
jetant un œil par-dessus son épaule.

Dearlea était d'un brun sombre, légèrement
plus foncé que la nuance dorée de sa sœur.
Malgré leur différence de couleur, la ressem-
blance était frappante.

— Oh, regardez ! s'exclama Dearlea une fois
arrivée au sommet.

Une longue procession de loups descendait un
défilé étroit.

— Vous entendez le *tinulaba* ? demanda
Mhairie.

— Le quoi ? dit Faolan.

Mhairie et sa sœur échangèrent un regard
consterné.

— Tu ignores ce qu'est le tinulaba ? s'enquit Dearlea.

— Oui.

— Littéralement, cela signifie « carillon des os ». C'est le cliquetis que produisent les colliers des loups de la Ronde. Ils les fabriquent à partir de minuscules os, comme ceux qu'on trouve dans la queue des animaux.

— Ils portent des colliers ? Je croyais que seuls les chefs des clans et les membres du raghnaid en avaient.

— La différence, c'est que les loups de la Ronde n'ont que des os de queue dans leur collier. Ils les rongent.

— Ils réussissent à graver des dessins sur des os aussi petits ?

— Oui, tu apprendras quand… Enfin, je veux dire, *si* tu es sélectionné. Les taigas t'apprendront. Ce sont eux qui prennent en charge l'enseignement des nouveaux.

Les jappements et les cris cessèrent. Le silence s'installa dans la plaine à mesure que le vent répandait la douce musique du tinulaba. Faolan était bouleversé par sa beauté.

Pendant que le cortège ralentissait dans une partie particulièrement abrupte du défilé, Faolan étudia les loups de la Ronde plus attentivement. Ils étaient énormes et musclés. Même de loin, ils dégageaient une impression de puissance et de confiance saisissante.

De tous les loups, le Fengo était le plus lourdement paré de colliers. Il portait même de minuscules fragments tressés dans sa barbe. Mhairie et Dearlea se mirent à chuchoter.

— C'est Jasper, dit Dearlea en pointant son museau dans la direction d'un loup brun.

— Et ça, c'est Briar, non ?

— Le loup roux qui louche ?

— Oui. Il y a deux loups roux, et je les confonds toujours, parce qu'ils ont tous les deux un problème aux yeux.

— En plus, ils sont frère et sœur, ce qui ne simplifie pas les choses.

— Frère et sœur ? répéta Faolan, surpris.

— Oui, c'est très rare. Deux malcadhs dans une même portée.

— Ça devait être bien pour eux... Ils pouvaient se tenir compagnie dans les moments difficiles, au moins.

— Et beaucoup moins drôle pour la mère, soupira Dearlea. Si ça se trouve, elle n'avait eu que deux bébés cette année-là...

— Mais ils ont survécu ensemble, ils sont rentrés dans leur clan et ont été sélectionnés pour la Ronde tous les deux, s'exclama Mhairie. C'est génial !

« Oui, génial ! » se dit Faolan. Il contempla les deux sœurs à ses côtés. Elles avaient une telle chance d'être nées entières et de ne jamais être seules. Même s'il ne souhaitait à personne d'avoir la même vie que lui, il ne pouvait s'empêcher de se dire qu'il aurait été plus heureux s'il avait eu un frère ou une sœur avec lui sur ce tummfraw.

CHAPITRE VINGT-TROIS

LE CONSEIL DE GWYNNETH

Le gaddergnaw s'ouvrait sur l'épreuve de chasse. Les éclaireurs étaient allés repérer les premières hardes de caribous qui migraient vers le nord. À l'aube, l'un d'eux revint avec des nouvelles. Un petit groupe avait traversé la rivière et se dirigeait au nord-est à l'allure du « pas clic-clac ».

— Ils contournent le mont Bossu par l'ouest ou par l'est ? demanda Liam MacDuncan.

Le gros loup gris était devenu le nouveau chef de clan après la mort de son père. On murmurait toutefois que sa mère, Cathmor, le guidait dans toutes ses décisions.

— Par l'est.

Des aboiements enthousiastes retentirent : les caribous se dirigeaient droit sur le territoire MacDuncan. Cathmor s'avança.

— N'y comptez pas trop. Ils pourraient se diviser au pied de la colline. Mais je crois qu'il sera intéressant de voir comment ce byrrgis de crocs-pointus se sort d'une manœuvre de tenailles. Après tout, il s'agit d'une tactique fondamentale. Leurs responsabilités au Cercle Sacré des Volcans leur interdisent de poursuivre des caribous trop loin. Ils n'ont pas le luxe, contrairement à nous, de pouvoir parcourir de longues distances.

— Manœuvre de tenailles ? répéta Tearlach d'une voix tremblante. Je n'ai jamais fait ça…

— Je me permets de te rappeler humblement, Tearlach, qu'aucun d'entre nous n'a jamais été autre chose qu'un modeste renifleur, dit Heep.

Un sifflement rageur s'échappa de la gorge du Siffleur.

— Je te prie humblement d'aller voir ailleurs s'il n'y a pas un pâté de crottes de caribous pour toi !

Les autres crocs-pointus se mirent à ricaner et à battre de la queue. Malgré les appréhensions de Tearlach, ils étaient tout excités de pouvoir chasser comme membres à part entière du byrrgis.

— Faut le faire ! s'exclama Edme en donnant une petite bourrade à Faolan.

Elle lui montrait Heep. Le loup jaune était parti se prosterner devant un beau mâle noir du clan MacDuff, un membre du raghnaid. Fidèle à ses habitudes, il se tortillait de façon grotesque.

— Tu entends ce qu'il dit ? demanda la louve borgne.

Faolan tendit les oreilles. Mais ce fut Tearlach, à qui il manquait pourtant une oreille, qui rapporta la conversation :

— « Dunstan MacDuff, j'ai cru comprendre que votre vénérable fils était d'accord pour intégrer le byrrgis en tant que renifleur, afin de nous permettre, à nous ignobles crocs-pointus, d'assumer des positions qui vous sont normalement réservées. Bien que cela puisse paraître présomptueux de ma part, moi qui suis un loup inférieur, humble… »

— Et c'est reparti, soupira Edme.

Ils s'étaient discrètement rapprochés et entendaient maintenant Heep sans l'aide de Tearlach.

— … j'ai pensé que je pourrais fournir de modestes conseils …

Par chance, les simagrées de Heep se noyèrent bientôt dans les cris de ralliement du gaddergludder.

Il fut convenu que Faolan chasserait à côté de la sœur de Mhairie, Dearlea, laquelle obtint le poste d'ailier rapproché sur le flanc ouest. Faolan pesta intérieurement en apprenant que Heep serait sur le même flanc. « Ils auraient pu l'envoyer à l'autre bout », pensa-t-il amèrement. Il aurait préféré être avec le Siffleur plutôt qu'avec Heep – pour changer !

Tandis qu'ils formaient les rangs, Creakle aboya :

— Regardez ! Des chouettes ! Des tas de chouettes !

Dearlea s'arrêta et leva les yeux.

— Oh oui ! Elles adorent assister aux gaddergnaws. Ce sont surtout des charbonniers et des forgerons.

« Je me demande si Gwynneth est là ? » s'interrogea Faolan. Au même instant, l'effraie masquée descendit du ciel.

— Oh, Gwynneth ! Je suis tellement content de te voir ! J'ai essayé de suivre tes conseils : je suis devenu un croc-pointu.

— Oui, mon petit, je sais.

— J'ai eu quelques… quelques…

— Quelques ratés ? Oui, j'ai entendu parler de ce premier byrrgis. (Faolan baissa la queue d'un air penaud.) J'imagine que tu as bien retenu la leçon.

Faolan sentit que la chouette voulait lui dire quelque chose.

— Qu'y a-t-il, Gwynneth ? s'enquit-il en scrutant ses yeux noirs et brillants.

— Ça peut attendre la fin de la chasse. Nous discuterons plus tard.

Le dernier appel retentit.

— Je dois y aller, Gwynneth.

— Oui, mon petit. Vous allez avoir de grosses responsabilités dans ce byrrgis, toi et tes camarades crocs-pointus.

— Pourquoi ça ?

— Une alerte vient d'être émise. Des barbares ont été repérés dans la région. Si bien que certains des éclaireurs et des chasseurs les plus expérimentés sont partis les traquer. J'ai essayé de les aider comme j'ai pu. En tout cas, vous n'aurez jamais une aussi belle occasion de montrer ce que vous avez dans le ventre. Permets-moi de te donner un conseil.

— Oui ?

— Tout n'est pas qu'une question de vitesse.

— Oh oui, j'ai compris maintenant. Ne t'inquiète pas ! Je ne bousculerai pas les ailiers.

— Non, je sais. Écoute-moi bien. Je vole dans le Par-Delà depuis des années. J'ai observé depuis le ciel de nombreux byrrgis. Je peux t'affirmer que c'est la communication silencieuse qui compte, les signaux échangés entre les lignes – des oreilles pointées, une queue qui se contracte, un changement d'allure… Ce n'est pas la vitesse, mais la communication qui permet au byrrgis de s'écouler comme une rivière à travers une terre aride avant d'engloutir sa proie.

CHAPITRE VINGT-QUATRE

LE BYRRGIS
DES CROCS-POINTUS

Heep savait pertinemment qu'il ne pourrait jamais courir plus vite que Faolan. Mais saurait-il se montrer plus malin ? Il avait remarqué que le cliquetis de sa dent ébréchée agaçait Faolan. Celui-ci en avait les poils qui se dressaient et parvenait à peine à contrôler son impatience. Heep n'avait pas besoin de ronger un os pour faire ce bruit. Il lui suffisait de frotter ses molaires les unes contre les autres. Il fut très content d'être placé à côté de son ennemi dans le byrrgis. Il était idéalement situé pour le rendre fou !

Ils se lancèrent à l'allure « patte cadencée » sur le terrain vallonné, précédés par les éclaireurs. Ils n'eurent pas à courir longtemps avant de découvrir la harde de caribous dans leur champ de vision. Par chance, ils se trouvaient sous le vent, de sorte que le troupeau ne pouvait pas sentir leur odeur. Cela leur permit de s'approcher tranquillement sans crainte d'être repérés, économisant ainsi leur précieuse énergie pour plus tard.

Faolan ne s'était jamais concentré aussi fort. La terre dure défilait sous ses yeux. Il sentait monter du sol le flot de vibrations créé par le martèlement de dizaines et de dizaines de pattes. Il le submergeait, l'enveloppait, le soudait à la meute.

Il était heureux d'avoir pu parler à Gwynneth. Son conseil se révélait déjà très précieux. Il venait de repérer un second signal transmis entre un loup de pointe et un ailier éloigné, et il sut l'interpréter : la formation entière, composée de quarante membres, devait se resserrer.

Pour la première fois, il comprenait vraiment la signification du mot hwlyn, l'esprit de la meute. D'autres signaux furent échangés et ce langage silencieux devint de plus en plus clair pour lui. Il nota le tressaillement de l'oreille d'un ailier : le vent avait tourné. La harde de caribous avait senti leur odeur. Le byrrgis força l'allure, passant au pas de charge.

« C'est magnifique ! » se dit-il. Leurs mouvements étaient d'une souplesse impeccable. Telles les pièces du jeu lors d'une partie de biliboo ou les constellations dans le ciel nocturne, les loups glissaient sur le paysage avec une fluidité parfaite. C'est dans ces moments-là que Faolan sentait au plus profond de lui que la terre n'était qu'un minuscule grain de sable dans l'univers, que les loups et les chouettes, les étoiles et les pierres, la terre et les os formaient un tout uni et infiniment grand.

Il intercepta un autre signal : la manœuvre de tenailles allait débuter. Il s'agissait d'acculer la harde dans un couloir étroit de façon à ce qu'elle ne puisse pas se déployer trop loin dans les hautes plaines. Menés par les ailiers, les chasseurs se mirent à harceler le groupe de caribous sur les deux flancs, les obligeant à s'enfoncer dans le goulet.

« Urskadamus ! » Ce maudit Heep faisait grincer ses dents comme s'il rongeait un os. Faolan était-il le seul à entendre ce bruit insupportable ? Il regarda autour de lui pour s'en assurer et faillit trébucher. Terminé le silence, fini la concentration ! Ah, cette fichue dent ! Un sourire sournois se dessina sur les lèvres de Heep, et une lueur mauvaise illumina ses yeux. Il le faisait exprès ! Faolan sentit Dearlea se contracter : il n'était plus dans l'allure. Jusqu'à présent, il était parvenu à impressionner la louve, mais en l'espace de quelques secondes, Heep avait démoli son attention.

Les loups de pointe venaient de repérer un caribou faible. Les signaux s'enchaînèrent à toute vitesse. Mais le cliquetis des dents de Heep empêcha Faolan de les décrypter. C'était un bruit insidieux, constant, comme le bourdonnement des moustiques pendant les lunes d'été. Faolan faillit tomber à nouveau et Dearlea lui jeta un coup d'œil inquiet.

Le cailleach fut isolé avec succès. Les rabatteuses se laissèrent rattraper et huit mâles bondirent en avant. Il y avait de fortes chances pour que des crocs-pointus soient appelés au moment d'abattre la proie. Ils se tapirent dans l'herbe pour observer et attendre l'ordre.

Le « clic-clic » s'amplifia. Faolan crut devenir fou. Il comprit que Heep cherchait à le pousser à violer l'une des règles les plus capitales du byrrgnock : ne jamais prononcer le moindre mot avant la mise à mort. Si Faolan grognait après Heep, ce serait lui qui recevrait un déluge de reproches.

« Il faut que je tienne. Je peux y arriver. Je peux y arriver. (Il tenta de s'éloigner du loup jaune.) Écoute l'herbe qui chante », se dit-il.

Heep se rapprocha et, les yeux pleins de malice, ouvrit grand la gueule. Faolan eut le temps d'apercevoir sa dent ébréchée avant que ses mâchoires se referment d'un coup sec et que le bruit pénètre dans son cerveau comme des milliers d'échardes.

Edme le regarda, interloquée. L'ordre d'attaquer venait d'être transmis, et Faolan avait manqué son tour. Il voulut bondir sur ses pattes arrière, mais il avait perdu le fil. Il tituba et s'écrasa au sol. Edme s'enfonça dans la brèche. À présent que les chasseurs lardaient les flancs de la bête de coups de crocs, les aboiements et les hurlements se déchaînèrent.

Faolan, le loup qui avait défié un élan dressé sur ses pattes arrière, gisait à plat ventre !

Quand il revint de la chasse, Gwynneth l'attendait.

— Comment ça s'est passé ?

Il baissa la queue.

— Eh bien… j'ai trébuché plusieurs fois et, au moment crucial, je suis carrément tombé !

— Tu es tombé ! Tombé, toi ?

Gwynneth battit des cils, abasourdie.

— Écoute, je n'ai pas très envie d'en parler maintenant. Qu'est-ce que tu voulais me dire tout à l'heure ?

La chouette fit presque un tour complet avec la tête, comme pour examiner les alentours. Faolan en eut la nausée.

— Je préférerais te dire un mot en privé. C'est assez sérieux.

— Oui, bien sûr.

Tremblant d'appréhension, il suivit l'effraie masquée derrière un gros rocher.

— Qu'y a-t-il ?

Gwynneth inspira profondément.

— Tu es au courant qu'une… une petite malcadh a été abandonnée sur la montagne au nord du Marécage ? (Faolan hocha la tête.) La Sark m'a dit que tu l'avais vue alors que tu venais lui rendre visite et que tu en as été tout retourné. Ce qui se comprend, d'ailleurs. Eh bien, Faolan, j'ai eu le malheur d'assister à son meurtre !

« Son meurtre ! pensa Faolan. Oui, bien sûr… De quoi pouvait-il s'agir, sinon d'un meurtre ? »

— Tu n'as pas l'air surpris, remarqua Gwynneth.

— Non, j'ai vu ses os. Ils étaient couverts d'entailles. Mais tu as aperçu l'assassin ?

— En réalité, je l'ai seulement entendu. Je n'ai pas pu le voir à cause des nuages. Mais à son souffle et au bruit de ses pattes, j'ai su que c'était un loup. Il n'a évidemment pas laissé d'empreintes sur le sol de schiste argileux et de roche. Quand as-tu découvert les os ?

— Le meurtrier est un loup !

Faolan chancela. Les poils de son collier se dressèrent, frémissants. Une vague de dégoût lui souleva le cœur.

— Je n'arrivais pas à m'ôter cette petite de l'esprit. Je ne pouvais pas rester insensible. Après tout, moi aussi, on m'a abandonné sur un tummfraw.

— Je comprends, assura Gwynneth d'une voix douce.

— Alors j'ai décidé d'élever un drumlyn. Je voulais honorer sa mémoire. Depuis, je vais régulièrement sur la montagne pour essayer de trouver des os.

— Sois prudent, Faolan. Très prudent. Ne te fais pas attraper. Certains loups ici te veulent du mal. Ils ont peur de toi. Pour le moment, personne n'est au courant pour le meurtre, mais si on l'apprend, on pourrait essayer de te le mettre sur le dos.

— Je sais, soupira Faolan. Certains se figurent même que je viens du Monde des Ténèbres.

— Oui, les loups ignorants et superstitieux peuvent être dangereux. C'est à cause de tes gravures, n'est-ce pas ?

— Oui. Quelqu'un a dit qu'il pouvait sentir la chaleur du soleil que j'avais gravé dans un os.

— Ils n'ont pas l'habitude de rencontrer des artistes aussi doués que toi. Ils sont persuadés qu'un loup normal ne peut pas réaliser de telles prouesses.

— Peut-être ne suis-je pas un loup normal ?

— Mon cher Faolan, ce n'est pas parce que tu sors de l'ordinaire que tu es mauvais. C'est vrai, tu es extraordinaire, j'en suis certaine ! Et ce drumlyn, l'as-tu bâti ?

Faolan secoua tristement la tête.

— Non, pas encore. Il me semblait que quelque chose clochait. Peut-être que j'attendais, sans le savoir, que le meurtrier se fasse attraper, avant de commencer.

— Où as-tu gardé les os ? Aaaah, laisse-moi deviner. Avec la patte de Cœur-de-Tonnerre, bien entendu ?

Gwynneth et Faolan s'étaient rencontrés pour la première fois près du squelette de l'ourse. La chouette avait été attirée par les lamentations lugubres du jeune loup. Le voir aussi triste encore aujourd'hui lui fendait le cœur. Elle espérait tant que les choses finiraient par bien tourner pour lui.

CHAPITRE VINGT-CINQ

LA DERNIÈRE PLACE

Le *gadderheal* du clan MacDuncan était spacieux, mais pas assez pour loger la foule de loups et de chouettes qui s'étaient rassemblés, excités et impatients de connaître les résultats de la première épreuve. L'annonce se fit donc à l'extérieur, où les chouettes se tinrent perchées dans les branches des rares bouleaux.

Les performances des crocs-pointus étaient notées en fonction de divers critères. Un certain nombre de points était attribué pour la qualité générale de la course, la souplesse dans les changements d'allure et de direction, la solidarité avec le reste de la formation et l'interprétation du système de signaux silencieux. Des points bonus pouvaient être accordés pour récompenser une attitude exemplaire. Avant l'annonce des scores, les murmures et les pronostics allaient bon train.

Quand Liam sauta sur une souche, la tension monta d'un cran.

— Les taigas ont terminé de reporter les résultats. Je suis heureux d'annoncer que vous avez tous réalisé un très bon score dans cette première épreuve des jeux du gaddergnaw. Nous allons commencer par donner les scores les plus élevés. La première place revient au croc-pointu Creakle, du clan MacDuff. Creakle s'est vu attribuer dix points pour la course, dix autres pour avoir bien respecté sa position, cinq pour les changements de vitesse et de direction, et quatre pour l'interprétation des signaux. De plus, Creakle a réalisé un bond spectaculaire au moment de l'attaque finale, ce qui lui vaut dix points bonus. Son score total s'élève donc à trente-neuf !

Des hourras accueillirent cet excellent résultat. Le record était détenu par le légendaire croc-pointu Hamish, qui était devenu par la suite le Fengo de la Ronde, et qui avait obtenu un total étourdissant de cinquante points.

La deuxième place, et ce fut une surprise, alla à la minuscule Edme. Son excellent réflexe au moment où Faolan était tombé et la précision avec laquelle elle avait planté ses crocs dans l'aorte du cailleach lui avaient rapporté de nombreux points bonus.

Faolan écoutait le public marmonner autour de lui. Tout le monde semblait étonné que lui, le loup qui avait sauté jusqu'au soleil, ne soit pas dans les deux premiers. La foule retint son souffle quand Liam déclara que Tearlach arrivait en troisième position avec un score de vingt-cinq. Faolan sentit les yeux des loups comme ceux des chouettes braqués sur lui.

— En quatrième place, avec un total de vingt-deux points, nous avons le loup de la meute du Rocher Bleu du clan MacDuncan, le Siffleur.

Des vivats éclatèrent.

Il ne restait plus que deux places. Faolan commença à reculer timidement.

— À présent, en cinquième position, sans point bonus et avec une pénalité de deux points pour son inattention... le croc-pointu Heep de la meute du Fleuve.

Faolan entendit Heep se rouler dans la poussière en prétendant qu'un loup aussi humble que lui ne s'attendait pas à un tel honneur. Il était si habitué à être le plus modeste, le dernier des derniers, etc.

— Et à la sixième place, avec une pénalité de vingt points pour avoir trébuché deux fois dans le dernier quart de la chasse, et pour ne pas avoir répondu à l'appel au moment de l'attaque finale,

le croc-pointu Faolan, de la meute de l'Éboulis
de l'Est du clan MacDuncan.

Mhairie accourut.

— Qu'est-ce qui s'est passé ?

— Au moins, je ne te suis pas rentré dedans !

— Non, mais si tu n'avais pas trébuché et
manqué ton tour à la fin, tu serais arrivé ex-
aequo avec Creakle, dit-elle, exaspérée.

— J'ai été inattentif, distrait.

— Oui, comme Heep.

Dearlea se joignit à la conversation en cours.

— Heep n'arrêtait pas de regarder autour de
lui. Je l'ai vu faire. J'ai été obligé de le rapporter
aux taigas. Qu'est-ce qui s'est passé, Faolan ? Tu
courais si bien à côté de moi et puis, tout à coup,
ta concentration s'est envolée.

Il secoua la tête d'un air las. Comment l'expliquer ? Cela paraissait ridicule. Mhairie s'approcha de lui. Il aperçut de minuscules points
dorés au fond de ses prunelles vertes. « Comme
des petites constellations », se dit-il.

— Dearlea, Mhairie, je vais vous révéler ce
qui m'a gêné, mais ça peut paraître stupide.

— Non ! Explique-nous. C'était quoi ?

— Heep.

— Heep t'a distrait ?

— Vous avez déjà examiné ses os rongés ?

— Pas vraiment, répondit Mhairie. Il ne fait pas partie de notre meute.

— J'ai entendu dire que ses gravures étaient mauvaises. Brouillonnes, ajouta Dearlea.

— C'est vrai. En fait, une de ses dents du fond est ébréchée. On s'en rend compte si on regarde son travail de près. Et si on s'assied à côté de lui quand il ronge, on peut l'entendre.

— Ça me rappelle Taddeus, notre petit frère. Je déteste quand il fait claquer ses babines pendant qu'il mange, déclara Dearlea.

— Il fait « slurp » quand il boit aussi, renchérit Mhairie.

— Avec Heep, c'est pareil – en pire. Ça me rend fou, je vous jure. C'est comme avoir un moustique coincé dans l'oreille pendant les lunes d'été. Il faisait ce bruit exprès pour ruiner mes efforts de concentration. Quand je ronge un os, curieusement, ça ne m'empêche pas de bien graver. Mais dans le byrrgis, ça m'a été fatal. Heep me déteste.

Mhairie et sa sœur échangèrent un coup d'œil dubitatif.

— Je vous en prie, vous devez me croire, les supplia Faolan.

— D'accord, nous irons au cercle d'entraînement, promit Dearlea. Nous verrons bien. Vous allez devoir vous entraîner pendant les trois prochains jours. Faolan, sache que les deux autres épreuves comptent beaucoup plus que la première. Tu pourras te rattraper.

— J'espère. Rien ne peut me déconcentrer quand je grave des histoires sur des os.

— Et tu sais pourquoi ? fit Mhairie.

— Non.

— Eh bien, moi, je sais ! C'est parce que tu es un artiste, Faolan. Un véritable artiste.

CHAPITRE VINGT-SIX

LES OS-HISTOIRES

Faolan se trouvait une fois de plus à l'intérieur d'un cercle d'entraînement avec Heep. Il se sentait soulagé après s'être confié à Mhairie et Dearlea. C'était la première fois qu'il était vraiment capable de partager un sentiment avec d'autres loups depuis qu'il vivait dans le Par-Delà. Du coin de l'œil, il aperçut les deux sœurs. Elles venaient écouter, comme promis. Il rongea le plus discrètement possible, afin qu'elles puissent entendre le cliquetis de la dent cassée de Heep.

Elles s'arrêtèrent près du loup jaune.

— C'est intéressant, mentit Dearlea. Le renflement naturel de l'os pourrait en gêner certains, mais tes dents creusent profond.

Elle ne sut pas quoi dire d'autre. Le trait était trop appuyé et maladroit. En se penchant un peu, elle nota en effet la marque distinctive de

183

sa dent cassée. Maintenant elle voulait l'entendre.

Heep se mit sur-le-champ à ramper dans la terre.

— Oh, vos compliments me remplissent d'humilité.

— S'il te plaît, tu peux te dispenser de ces formalités. Montre-nous plutôt comment tu ronges.

Faolan s'était interrompu dans son travail. Il graissait son os en le faisant rouler entre la palmure de ses pattes. Ce geste avait deux fonctions : d'abord il permettait d'imprégner l'os de son odeur ; ensuite, cela ôtait toute la poussière et préparait la surface à être ciselée.

Il voyait que Mhairie et Dearlea se concentraient très fort, les oreilles tendues vers l'avant. Elles ne tardèrent pas à s'écarter toutes les deux. Alors Heep tourna ses yeux vers Faolan et, comme pour lui-même mais assez fort pour que tout le monde entende, il murmura :

— Je n'en reviens pas que deux louves du Carreg Gaer se soient arrêtées pour admirer mon humble travail.

Personne ne réagit. Les autres continuèrent leur tâche et seul le grattement de leurs crocs perturbait le silence quand Edme leva brusquement la tête.

— Oh, oh ! Voici le Fengo Finbar.

Heep lâcha aussitôt son os et commença à se tortiller.

— Debout, debout !

Finbar était un superbe loup brun à la fourrure lustrée. Une de ses pattes arrière était complètement tournée à l'envers.

— Vous êtes dispensés de rituels de soumission pendant les jeux. Ce qui nous occupe ici est trop important pour que vous perdiez votre temps à cela. Je suis venu personnellement vous rappeler de songer à vos os-histoires. Autrefois, on permettait aux crocs-pointus de ronger trois, voire quatre os pour raconter une histoire. Mais à l'époque de notre vénéré Fengo Hamish, aujourd'hui disparu, nous avons décidé qu'il serait plus intéressant de s'en tenir à un seul. Cela ajoute au défi. Je vous recommande donc d'être concis. Ne développez qu'une idée, mais illustrez-la d'images et de faits précis. Essayez d'éviter les clichés.

Edme leva une patte.

— Pardonnez-moi, honorable Fengo, mais pourriez-vous nous citer l'exemple d'un très bon os-histoire qui aurait été gravé par le passé ?

— Aaah. Sans aucun doute, la plus belle gravure fut l'œuvre de Hamish. Il racontait comment lui et feu le roi du Grand Arbre, Coryn, s'étaient rencontrés à l'époque où cette chouette vivait exilée au Par-Delà. Il exprimait des sentiments profonds. Il s'agissait de la rencontre entre deux exclus. Hamish est parvenu à dépeindre la souffrance de Coryn, un oisillon mal aimé, et même haï par sa mère tyrannique, Nyra. Comble de malheur, son visage ressemblait tellement au sien qu'il éveillait la terreur partout où il allait. Il a su décrire l'amitié née entre eux dès leur première rencontre et qui devait durer de longues années. Il s'agissait du tibia d'un bœuf, je crois. La gravure était toute simple, mais d'une sincérité bouleversante. (Le Fengo pencha la tête, les yeux plissés. Son expression devint lointaine et rêveuse.) Un os rongé avec tant de sensibilité fait vibrer les loups jusqu'à la moelle. Classique. Un vrai classique.

Finbar s'éloigna sans ajouter un mot, comme ensorcelé par le souvenir de cette œuvre mémorable.

Les crocs-pointus échangèrent des coups d'œil, sans doute habités par la même pensée : « Comment pourrais-je faire aussi bien ? »

Faolan oublia la compétition un moment et laissa son imagination vagabonder. Sans surprise, elle le transporta jusqu'au tummfraw de la petite louve assassinée. Il tenta de se représenter le tueur remontant la pente abrupte vers le rocher plat au sommet. Combien de temps s'était-il écoulé entre le départ de Faolan et son arrivée ? S'il avait monté la garde pour la petite, l'aurait-il sauvée de son meurtrier ? Tant de questions se bousculaient dans sa tête.

Une tanière était réservée aux crocs-pointus pendant la compétition, mais Faolan préférait dormir seul. Même après une dure journée de travail, ses camarades bavardaient souvent tard dans la nuit, et leurs interminables conversations au sujet des épreuves à venir l'irritaient. Même si chacun s'efforçait de ne pas dévoiler trop de détails sur son histoire, ils ne se lassaient pas de discuter des défis qu'ils rencontraient. Faolan n'avait pas encore choisi son sujet, si bien qu'il n'avait rien à raconter. Cela ne l'inquiétait pas. Il savait que, tôt ou tard, il trouverait une idée. La plupart des histoires décrivaient la manière dont les crocs-pointus apprenaient à dépasser leur infirmité. Celle d'Edme était particulièrement touchante. Elle expliquait comment l'œil qui lui manquait à la naissance l'accompagnait depuis le ciel, veillant sur elle et lui insufflant du courage.

Creakle rendait hommage à sa patte lochin, comme il l'appelait, qui l'avait obligé à devenir plus fort en développant les muscles de ses autres pattes. Il rongeait le dessin du bond spectaculaire qu'il avait exécuté pendant l'épreuve du byrrgis, au moment d'abattre le caribou.

Heep était assez réservé à propos de son os. Sur l'insistance de Tearlach, il avait fini par avouer qu'il rongeait le sien sur les plaisirs secrets de l'humilité.

— Il s'agit d'un modeste conte philosophique, où je démontre qu'il n'est rien de plus épanouissant que de saisir où est sa place dans la Grande Chaîne de l'univers, aussi basse cette place soit-elle.

Heep coula un regard vers Faolan. Il respirait la perfidie, au point qu'Edme sentit sa moelle se figer. Elle se demanda si Faolan l'avait remarqué aussi.

Le Siffleur, qui ne s'était pas gêné pour bâiller bruyamment pendant l'explication de Heep, gravait sur son os-histoire un de ses premiers souvenirs : celui du jour où il avait retrouvé le chemin du clan MacDuncan. Saisi par le doute, il s'était demandé s'il valait mieux continuer de vivre en loup solitaire ou embrasser le destin d'un croc-pointu. Faolan trouvait son récit courageux et honnête, mais ce n'était pas l'avis de Heep.

— Puis-je me permettre de demander humblement au Siffleur comment il a pu sérieusement envisager d'abandonner notre noble clan pour vivre à l'écart ?

— Non, rétorqua le Siffleur. Tu ne peux pas te permettre. Quand j'aurai terminé mon os et que tu pourras le regarder, peut-être que ton humble esprit comprendra.

Tearlach resta très discret sur son propre projet, se contentant de donner un indice de temps à autre.

Quand Faolan eut enfin pris sa décision, il se garda d'en faire part à ses compagnons. Il alla choisir son os en catimini. Il opta pour le pelvis d'une marmotte, fendu d'une fissure grise en diagonale, qui lui évoquait le fleuve où il avait failli se noyer avant de rencontrer Cœur-de-Tonnerre. Une tache légèrement décolorée ornait sa surface ; sa forme rappelait la tanière d'été qu'ils avaient partagée. Faolan était étonné que les autres loups n'aient pas pris plus de temps pour étudier leur os et déceler les imperfections qui rendaient leur surface plus intéressante – petites cassures, ombres, ou petits creux. Heep avait exploité une fente naturelle un jour, quand il avait représenté Faolan bondissant au-dessus du mur de feu. Cette cassure était si nette qu'il était difficile de la louper, et il en avait fait le symbole de la rupture de la Grande Chaîne dont Faolan s'était selon lui rendu coupable. À la connaissance de ce dernier, c'était la seule fois où quelqu'un avait tiré parti des particularités d'un os.

Si on les regardait bien, on découvrait pourtant des dessins naturels, des paysages, autour desquels il suffisait de bien disposer son dessin. Sur le pelvis de la marmotte, le fleuve, le ciel et la tanière d'été étaient déjà là – il ne manquait plus que Cœur-de-Tonnerre, et c'était elle que les crocs de Faolan allaient dessiner. Il brûlait de commencer.

Tard, un soir, Faolan repéra un arbre avec une belle fourche. Il se dit qu'elle ferait un endroit très confortable pour dormir. Il n'avait pas essayé de sauter dans un arbre depuis ce jour où il avait chassé le couguar dans les Confins. Ce bond ne paraissait pas plus difficile, et ce n'était rien comparé à la hauteur des flammes au-dessus desquelles il avait dû sauter pour échapper à la meute.

Il n'eut pas besoin de beaucoup d'élan. Une petite impulsion, et il se retrouva dans l'arbre, à califourchon sur la fourche. Elle dessinait une sorte de panier semblable à ceux que les forgerons et les charbonniers utilisaient pour transporter leurs braises – en beaucoup plus grand, bien entendu.

Faolan leva les yeux et scruta le ciel à travers la dentelle sombre des branches d'épicéas. Les étoiles se levaient juste, et il distingua la constellation du Grand Caribou. Un an plus tôt, il avait élevé un drumlyn pour un caribou qu'il venait d'attraper. Comme ses os solides étaient différents des minuscules os lacérés du bébé malcadh ! Faolan frissonna dans son panier de branches. Il avait l'impression d'être si haut que, en tendant la patte, il pourrait toucher les étoiles. Bientôt le Grand Loup reviendrait pour guider la silhouette de brume de la petite louve assassinée jusqu'à la Grotte des Âmes.

Faolan se tourna et leva sa mauvaise patte à la lumière de la lune. Il contempla sa marque, le tracé délicat en forme de spirale. Son empreinte semblait se confondre avec un tourbillon d'étoiles dans le ciel. Il se dit à nouveau qu'il n'était que le fragment d'un tout, d'un cycle infini qui tournait et tournait comme ces lignes sur sa patte. Il se rappela cette terrible nuit où il avait découvert le crâne de Cœur-de-Tonnerre et hurlé son chagrin dans l'obscurité. Il se souvint aussi du réconfort qu'il avait trouvé dans l'idée que, pendant un bref instant sur cette boucle infinie du temps, sa vie et celle de Cœur-de-Tonnerre s'étaient croisées. Et ses hurlements de désespoir s'étaient transformés en un chant de gratitude. Les paroles de ce chant lui revinrent en mémoire :

Tourne, tourne, tournera,
ours, loup, caribou.
Qui sait où tout a commencé ?
Qui sait quand tout se terminera ?
Nous ne formons qu'un.
Simples grains de poussière,
mais tous si différents.
Multiples. Et pourtant un.
Toi et moi,
nous ne formons qu'un.
Cœur-de-Tonnerre, une tu es
pour l'éternité !

Il glissa peu à peu dans le sommeil et franchit la frontière du royaume des rêves. Il se vit trottiner à travers le ciel constellé, à la recherche de la petite malcadh. Il voulait s'assurer qu'elle grimpait l'échelle vers la Grotte des Âmes en toute sécurité.

« Je marche dans les étoiles ! » pensa-t-il. Ce rêve avait une saveur différente de ses songes habituels. Il sentait ses pattes rebondir sur les courants d'air. Sa fourrure argentée reflétait le scintillement des astres. Un voile de brume étincelant l'enveloppait. « C'est si réel ! se dit-il. Si réel et si familier à la fois… Suis-je déjà venu ici ? » Il savait que c'était impossible. Aucun loup vivant n'avait jamais galopé dans le ciel, et il était certain de ne pas être mort.

Soudain une ombre longue glissa sur le paysage de son rêve. Un frisson le secoua. Puis il entendit : clic… clic… clic… « Oh non ! Pas ici. Pas ici ! »

Il s'éveilla en sursaut et manqua tomber de l'arbre. Les oreilles dressées, il fouilla le silence.

— Il n'y a rien. Ce n'était qu'un rêve, murmura-t-il.

Il plissa les yeux et s'absorba dans la contemplation de la Voie lactée. Les branches d'épicéa hérissées d'aiguilles lui rappelèrent les minuscules os criblés d'entailles de la petite louve. Il comprit soudain qu'il devait regarder ces griffures autrement. Ces marques cachaient un indice qu'il n'avait pas su déceler avant. L'histoire de la malcadh était déjà écrite sur ses propres os.

Il crut presque la voir dévaler l'échelle d'étoiles et gronder d'un air féroce. Depuis l'Au-delà, elle avait soif de vengeance. Elle ne se reposerait pas tant que son meurtrier ne serait pas démasqué.

Faolan descendit de l'arbre en silence. La lune était très lumineuse, et il craignit que quelqu'un ne le voie s'éloigner. Par chance, un gros nuage moutonnant arrivait de l'est. Il attendit quelques minutes et lorsque celui-ci masqua la lune, plongeant la terre dans les ténèbres, il partit à vive allure en direction de sa cachette.

CHAPITRE VINGT-SEPT

LE LOUP FANTÔME

Heep nourrissait des soupçons depuis la dernière lune : Faolan tramait quelque chose, il en était sûr. Plus la fin des jeux du gaddergnaw approchait, plus il se désespérait. Son destin était d'intégrer la Ronde. Si le roi des chouettes mourait et qu'un nouveau roi trouve le Charbon de Hoole, tous les loups de la Ronde seraient libérés de leur charge et, comme pour Hamish, leurs tares disparaîtraient. Alors enfin, enfin ! Heep aurait une queue. Ce n'était ni un rêve, ni une légende. C'était la vérité !

Cependant Heep s'inquiétait. Malgré son mauvais résultat à l'épreuve du byrrgis, Faolan pourrait être propulsé de la dernière à la première place grâce à la finesse de ses gravures. Heep se sentait moins menacé par les autres crocs-pointus. Après tout, il était un MacDuncan. Les MacDuncan avaient créé la Ronde, et tous les loups savaient qu'ils partaient avec une longueur d'avance, malgré les réformes apportées par Hamish. Mais il devait trouver un moyen sûr d'écarter Faolan de la compétition.

Une idée ingénieuse lui était venue quelques jours plus tôt. En regardant Faolan s'éclipser dans la nuit, il comprit que c'était le bon moment pour la mettre à exécution. Quand ce loup détestable reviendrait, la partie serait terminée. Il regarda sa superbe queue argentée fouetter l'air et sentit un pincement de jalousie. « À l'aube, c'en sera fini de toi », pensa-t-il.

Heep courut dans la direction opposée. Trois bouleaux poussaient côte à côte, les troncs serrés, les racines entremêlées. Les loups superstitieux y voyaient un signe de malédiction et évitaient de s'approcher de ce genre d'endroit. Mais Heep s'en moquait. C'était le lieu idéal pour cacher son os, son véritable os-histoire. Il racontait l'histoire du meurtre d'une malcadh par un croc-pointu – et pas n'importe lequel ! Juste à côté se trouvait un minuscule os, d'une forme délicate et partiellement ciselé : la preuve que son histoire était vraie.

— Réveille-toi, Dearlea, réveille-toi !

Mhairie donnait des coups de museau dans l'épaule et la mâchoire de sa sœur.

— Quoi ? Pourquoi me réveilles-tu ? Ôte ta tête de là !

— C'est au sujet de Faolan.

— Qu'est-ce qu'il a ? dit Dearlea d'un ton las. Il a encore gravé un os profane ? J'aimerais bien que tu cesses de te faire du souci pour lui. Les MacDuff ne l'embêteront pas. Ils se méfient de tout le monde.

— Ce n'est pas ça.

— Quoi, alors ?

— Il est parti au milieu de la nuit !

— Il a le droit. Tant qu'il est à l'heure pour les épreuves du gaddergnaw, il peut faire ce qu'il veut.

— C'est bizarre, tu es forcée de l'admettre.

— Oh, par Lupus, tu te transformes en Mac-Duff ! Tu vois des choses bizarres partout.

— Non ! Je ne suis pas tranquille, c'est tout. Il est sur un terrain glissant à cause de ces rumeurs. Et ce n'est pas la première fois qu'il se carapate comme ça. Il l'a déjà fait.

— Tu l'as vu partir ?

Dearlea s'était assise. Elle secoua la tête comme pour s'éclaircir les idées, et bâilla. Puis elle fixa ses pattes, les posa l'une sur l'autre et commença à se gratter. Mhairie connaissait bien ce geste : elle avait ce tic quand elle réfléchissait fort.

— Je comprends, dit-elle. Je suppose que tu as raison de t'inquiéter. Je me demande vraiment ce qu'il y a en lui qui…

— … donne tellement envie de le protéger ? suggéra Mhairie.

— Oui. Malgré sa force extraordinaire, il semble… non pas faible, mais vulnérable.

— Quand il s'en va comme ça, je ne peux pas m'empêcher de penser qu'il court peut-être au-devant du danger… En plus, il part loin.

— Comment le sais-tu ?

— J'ai essayé de le suivre une nuit. J'ai vu jusqu'où il allait et je me suis dit que je ne serais jamais de retour à l'aube pour vous aider, maman et toi, avec les petits.

— Il y arrive bien, lui !

— Il est très rapide. Quand il revient, il semble assez fatigué, en général. Mais cette nuit, j'ai cru apercevoir l'ombre d'un loup dans les arbres quand il est parti.

— Quelqu'un qu'on connaît ?

— Je n'en sais rien. Je ne l'ai pas bien vu. Pourvu que personne ne lance une nouvelle rumeur à son sujet. Ils sont plusieurs à l'attendre au tournant.

— Pourvu que ce ne soit pas un piège, surtout, soupira Dearlea.

CHAPITRE VINGT-HUIT

LE TÉMOIGNAGE

Faolan fixait la minuscule côte et le fragment de mâchoire qu'il venait de trouver. Ravagés par les crocs du tueur, ils racontaient la même histoire de violence que les autres. Des morceaux étaient broyés, et la moelle en avait coulé, les laissant aussi creux que des os de chouette. À force d'examiner leur surface, il finit par repérer au milieu des multiples éraflures un détail qui aurait dû attirer son attention depuis longtemps. Une marque familière : l'empreinte caractéristique de la dent cassée de Heep.

— Pourquoi ? Pourquoi ne l'avais-je pas vue avant ? s'étrangla-t-il.

Sa moelle bouillait dans ses os. « Heep a tué la petite louve ! »

Et dire que son regard avait glissé sur cet indice des dizaines de fois ! À présent, des tas d'encoches similaires lui sautaient aux yeux, comme pour le narguer et se moquer de son aveuglement.

Ramassant autant d'os que possible dans sa gueule, il repartit à toute allure. Sa colère lui donnerait la force de maintenir sa vitesse jusqu'à destination. Des collines défilaient de part et d'autre. Il bondit par-dessus des rivières dans lesquelles il avait autrefois nagé. Un bosquet de bouleaux passa dans un éclair blanc à côté de lui. Les nuages dans le ciel, poussés par un fort vent d'ouest, semblaient aussi lents que la sève, comparés à lui. Il courait le cœur plein d'amour et de haine. D'amour pour la petite louve, et d'une haine absolue pour l'ignominie de Heep. Mais grâce à Lupus, la petite malcadh pourrait bientôt grimper l'échelle d'étoiles en paix.

Arrivé à moins de quatre kilomètres du campement, Faolan fut surpris par le hurlement d'une skreeleen.

— Le croc-pointu Faolan approche !

Des dizaines de loups s'unirent pour pousser un hurlement aigu. Il put discerner quelques paroles : « Monde des Ténèbres… loup-démon… sorcier… assassin ! »

Deux gros mâles surgirent de nulle part. L'un d'eux le mordit cruellement à la hanche.

D'autres suivirent. Quelques secondes plus tard, une foule de loups l'écrasaient de sorte qu'il ne pouvait plus prononcer un mot.

Puis ils s'écartèrent comme pour dégager un passage.

— Le voilà ! Le voilà !

« Qui voilà ? s'interrogea Faolan. Que se passe-t-il ? »

— Je me permets en toute humilité d'avancer l'idée selon laquelle il serait en effet l'assassin de la malcadh. Je suis tout à fait prêt – et je dois dire que ce serait un honneur pour un vil croc-pointu tel que moi – à présenter des preuves au raghnaid.

« Au raghnaid ? L'assassin ? Des preuves ? » Apeuré, Faolan écoutait la voix mielleuse de Heep prononcer ces mots terribles. Quelles preuves pouvait-il bien détenir ? Les seules preuves qui existaient étaient tombées de sa gueule au moment de l'embuscade.

Adair fit un pas en avant et ordonna qu'on lâche Faolan.

— Faolan, je vais te conduire jusqu'au gad-derheal, où tu seras jugé par le raghnaid pour meurtre !

— Pour meurtre ?

— Oui. Pour le meurtre d'une malcadh.

— C'est impossible ! Non !

Alors Gwynneth avait raison : on tentait de le rendre responsable de cette tragédie.

— Que l'écartèlement commence ! hurla quelqu'un.

— Pas encore. Pas encore ! Attendons le jugement du raghnaid ! aboya un autre.

Faolan se sentit entraîner derrière Adair par le flot de loups qui se pressait autour de lui.

— Mes os ! Mes os ! cria-t-il.

— Quels os ? demanda Adair.

— Ceux que je viens de lâcher. Ils sont la preuve de mon innocence.

Du coin de l'œil, il crut voir Adair les ramasser, mais dans la cohue, comment en être sûr ?

Ces os représentaient son seul espoir.

Un lourd silence les accueillit lorsqu'ils pénétrèrent dans le campement. Faolan fut immédiatement escorté jusqu'au gadderheal. Des curieux se bousculaient sur le chemin, et deux loups durent marcher devant en aboyant pour dégager le passage. Faolan repéra Mhairie et Dearlea qui pleuraient en silence. Il n'osa pas croiser leur regard.

Il nageait dans la plus grande confusion quand il se présenta devant Liam MacDuncan. Cathmor, folle de rage, se dressait à côté du nouveau chef.

— Dépêche-toi. Qu'on en finisse, ordonna-t-elle à son fils.

— Faolan, croc-pointu du clan MacDuncan, pour la seconde fois en moins de un an, tu es amené devant le raghnaid pour répondre d'accusations inscrites sur un os rongé.

— Attendez ! s'écria-t-il en cherchant Adair des yeux, pris de frénésie. Apportez mes os !

Adair s'avança et ouvrit les mâchoires. Faolan éprouva un soulagement momentané en découvrant les minuscules fragments d'os blancs tomber sur le plancher de la grotte.

— Je vous supplie, mon seigneur, de bien vouloir considérer ces os. Ils appartenaient à la malcadh. Je vous les apporte en guise de preuves. Elle a été assassinée avec une sauvagerie inimaginable.

— Je ne comprends pas, dit Adair. Pourquoi l'assassin apporte-t-il lui-même la preuve de sa culpabilité ?

— Parce que je n'ai pas commis ce crime. C'est Heep, le croc-pointu de la meute du Fleuve, qui est coupable.

— Mais c'est Heep en personne qui t'accuse.

— Au nom de quoi ? rugit Faolan.

Placés un peu en retrait, deux loups lui sautèrent dessus et le frappèrent violemment sur l'arrière-train, l'obligeant à rouler sur le dos. Ils le dévisageaient d'un regard fou.

« Je dois leur parler calmement, s'exhorta Faolan. Je dois faire preuve de bon sens, comme Duncan MacDuncan me l'a conseillé. »

— Laissez-le se relever, tonna le chef.

Faolan se redressa en chancelant.

— Heep a gravé un os-histoire sur ton crime…, continua Liam.

Il se tut en étudiant l'étonnant tas de petits os.

— Ce ne sont que des mensonges ! aboya sèchement Faolan.

Il pointa les oreilles et tendit la queue, une attitude qui signifiait tout, sauf sa soumission. « Par Lupus, si je dois chuter, je ne chuterai pas avec la queue entre les pattes ! » se jura-t-il. Un sergent d'armes s'approcha et le cogna avec tant de force qu'il le renversa. Mais Faolan se releva aussi sec.

— Heep vous a-t-il apporté les os de la malcadh ? Non ! C'est pourtant sur eux qu'est gravée la véritable histoire du meurtre ! Regardez-les !

Liam MacDuncan s'approcha de Faolan et lui jeta un regard noir.

— Heep nous a montré un os que tu as gravé toi-même et qui suffit à contredire ton innocence ! (Il tourna la tête.) Viens, Heep, et lis-nous l'os-histoire que tu as rongé.

Heep avança de façon hésitante, l'os dans la gueule et les yeux fuyants sous le regard accusateur de Faolan.

— Un jour, au début de la Lune des Premières Neiges, je suis allé vers la montagne en quête d'os à ronger. Les ruisseaux d'eau de pluie creusés au pied des pentes en sont pleins. Tandis que je fouillais le versant nord, j'ai aperçu les empreintes récentes de deux loups. Les plus anciennes étaient celles de notre respectable Obea, Lael. Je les ai aussitôt reconnues. Je me rappelais d'ailleurs avoir croisé Lael en chemin, à la rivière. Les autres appartenaient à un loup avec une patte tordue.

Faolan voulut protester et dire qu'il savait courir sans laisser de traces. Mais deux mâles le plaquèrent au sol avant qu'il ait pu aboyer.

— Encore une interruption et je te ferai reconduire dehors ! hurla Liam.

— Alors que je longeais la pente, reprit Heep, j'ai entendu les cris effroyables d'un petit louveteau qu'on attaquait. J'ai prié Lupus avec humilité et passion pour que ses souffrances prennent fin rapidement. J'ai pensé, bien sûr, qu'une chouette l'emportait. Et puis j'ai trouvé cet os.

Il lâcha devant les pattes du chef un os orné d'une gravure délicate mais inachevée. Faolan reconnut l'os sur lequel il avait commencé à inscrire l'histoire de la petite louve, et qui avait mystérieusement disparu tandis qu'il se rendait à sa cachette.

Un murmure confus emplit la grotte. Heep se mit à pleurer à chaudes larmes.

— Imaginez mon choc quand je suis monté au sommet de la crête et que j'ai vu Faolan, le museau couvert de sang !

Ravalant ses sanglots, il se tourna vers les juges du raghnaid et, la gorge serrée, il ajouta :

— Nous connaissons tous le talent extraordinaire du croc-pointu Faolan pour ronger les os. Qui d'autre que lui aurait pu exécuter ce dessin ?

Des cris de colère fusèrent de l'assistance.

— Seul un démon pourrait réaliser ce genre d'œuvre !

— Qu'on l'écartèle ! C'est la loi du gaddernock !

Un grondement de Liam mit fin à ces interjections.

— Pourquoi ne nous as-tu pas parlé plus tôt de cet horrible crime, Heep ?

— J'avais peur. Faolan est un loup étrange. Je crois qu'il est un agent du Monde des Ténèbres. Les os qu'il grave sont sacrilèges, mais ils ont des pouvoirs.

Quelques anciens du clan MacDuff acquiescèrent.

— Ce sont des sottises ! grogna Faolan.

Liam MacDuncan le mordit sèchement.

Dans ce tumulte, l'arrivée discrète d'une chouette passa inaperçue. Parfaitement immobile sur son perchoir de roche, un œil fermé et l'autre entrouvert, camouflée dans les ombres des flammes projetées par le foyer du gadderheal, Gwynneth écouta attentivement ces échanges.

— Faolan, y a-t-il ici tous les os du louveteau sauvagement assassiné ?

— Non, mon seigneur, il y en a d'autres.

— Où se trouvent-ils ?

— Je les ai enterrés.

— Tu les as enterrés ? Es-tu complètement cag mag ? Où sont-ils ?

— Je les ai mis avec les os de ma mère adoptive grizzly, Cœur-de-Tonnerre, sur le versant nord des collines, face aux lacs Salés.

Des grondements scandalisés et des appels au châtiment couvrirent sa voix.

— Je voulais l'honorer en rongeant ses os !

— Ce loup est malade ! hurla Cathmor.

— Il est malade ! Qu'on l'écartèle ! Qu'on l'écartèle !

— Il n'existe pas de crime plus grave que le meurtre d'un malcadh ! explosa Liam Mac-Duncan. Le coupable doit être écartelé, la loi l'exige. C'est un supplice lent. Tu n'auras pas le privilège de mourir vite d'un coup de croc à l'artère vitale. Il n'y aura pas de lochinvyrr, car ta vie ne vaut rien et ne nous nourrira pas. Tes os seront nettoyés par les corbeaux, avant d'être brûlés, afin qu'ils ne soient jamais gravés. As-tu compris ?

— Puisque je vous dis que je n'ai pas commis ce crime et que les os de cette pauvre malcadh en sont la preuve, répondit Faolan d'un ton calme. Regardez-les bien, et ils vous révéleront qui est le véritable meurtrier. Les dents du tueur ont laissé une sorte d'encoche sur leur surface. Vous verrez la même sur l'os-histoire de Heep.

Le silence était revenu dans le gadderheal. Les loups se demandaient où Faolan voulait en venir avec cette encoche. Puis un courant d'air souffla à travers la grotte, et des murmures rauques s'élevèrent :

— La Sark ! Que fait-elle ici ?

La louve traversa les rangs des seigneurs et des lieutenants d'un pas chancelant. Puis elle se mit à marcher de long en large devant le chef.

— Peut-être cela vaut-il le coup de prêter attention aux paroles du croc-pointu Faolan.

Elle tourna brusquement la tête et s'avança vers Heep. Le loup jaune se ratatina en adoptant une posture de soumission.

— Ta *preuve*, Heep, est très intéressante.

La Sark ne dut qu'à l'aura de pouvoir et de mystère qui l'entourait de ne pas être immédiatement jetée dehors. Le sergent qui avait renversé

Faolan s'approcha, mais Cathmor lui intima l'ordre de reculer d'un signe discret.

— Aurais-tu la gentillesse, Heep, de me laisser examiner ton os-histoire ?

— Je vous soumets humblement cet os comme une œuvre d'art et le témoignage d'un crime haineux, dit-il d'une voix étranglée.

— Ah, oui, un témoignage. Tu sais ce que ce mot signifie, je présume ?

La Sark continuait d'aller et venir, en cinglant l'air de sa queue broussailleuse. Son collier tressautait à chaque pas. Son mauvais œil tournait lentement, tandis que l'autre restait braqué sur le sol.

— Oui, je crois, répondit Heep. Enfin, un loup aussi modeste que moi n'a sans doute pas assez d'esprit pour apprécier le... la...

— La signification de ce mot dans ses plus subtiles nuances ? suggéra la Sark.

— Oui, voilà.

— Eh bien, laisse-moi t'éclairer ! Un témoignage constitue la preuve d'une vérité. D'une vérité, je répète. La vérité elle-même ne s'embarrasse pas de subtiles nuances. Mais les preuves peuvent être altérées ou manipulées. (La Sark marqua une pause dramatique avant de reprendre son exposé sur un ton détaché.) Alors, cet os-histoire ?

— Oui, tout de suite !

Heep se leva et le lâcha aux pattes de la Sark. Le silence était si épais dans la caverne qu'on aurait pu entendre un poil de duvet tomber.

— Ah ! s'écria la louve en le faisant rouler sous sa patte. C'est un os superbe – une côte d'élan, je crois ? Il possède une belle surface à travailler... Tiens ! Je vois ici une marque très reconnaissable, imprimée par une dent carnassière droite – il s'agit d'un terme savant pour désigner nos dents du fond, qui sont si efficaces pour couper et tailler. Je dirais même : une dent carnassière droite ébréchée. Et comme Faolan l'a souligné, la même marque se retrouve sur tous les os présentés ici en qualité de preuves, y compris sur cet os-histoire que Faolan n'a jamais touché. Comment l'expliques-tu, Heep ?

Elle s'arrêta et balaya la foule du regard. Son mauvais œil tournoyait de plus en plus vite.

— Il s'agit, en quelque sorte, de ta marque de fabrique, n'est-ce pas, Heep ? C'est fascinant ! Et toi qui te désespérais de ne pas avoir de queue ! Tu aurais mieux fait de te soucier de cette dent cassée.

Heep se mit à trembler.

La Sark pivota sur elle-même et fit face au raghnaid.

— J'ai en ma possession un minuscule os de la malcadh assassinée. Le raghnaid aurait-il la grande bonté de m'autoriser à soumettre cet os à son examen ? Il est criblé de marques, et la fameuse encoche est difficile à discerner. Je vous demanderai donc d'être très attentifs.

La Sark attendit quelques secondes et afficha un sourire narquois.

— Par ailleurs, je tiens à signaler que le croc-pointu Faolan m'a rendu visite juste après être passé par le tummfraw où la malcadh avait été abandonnée. Il portait sur lui l'odeur d'un lou-veteau vivant à son arrivée. Je n'ai pas décelé la moindre goutte de sang sur sa fourrure. Tout cela prouve sans conteste que...

— Comment ? Comment ? bafouilla Heep.

Voyant qu'il se levait d'un bond, le chef s'écria :

— Retenez-le ! Ne le laissez pas s'échapper !

Les ailes de Gwynneth provoquèrent une rafale dans la grotte quand elle se laissa glisser de son perchoir. Le moment était venu pour elle d'intervenir.

— J'ai été témoin de ce crime ! J'ai entendu les hurlements de la petite alors que je survo-lais la montagne. La couverture nuageuse était épaisse, mais j'ai perçu le souffle du loup qui déchiquetait son corps sur le tummfraw.

— Mais vous n'avez rien vu ! Pourquoi m'ac-cuser, moi ? Ç'aurait pu être n'importe qui ! cria Heep.

— Non, pas n'importe qui. J'ai reconnu le « clic-clic » caractéristique d'une dent cassée. Je n'y ai pas prêté attention sur le moment. J'étais tellement bouleversée par la cruauté de ce meurtre. Mais je m'en souviens très bien.

— Nous aussi, nous l'avons entendu ! affirmèrent Dearlea et Mhairie d'une seule voix.

— Vous ? s'étrangla Heep. Où étiez-vous ?

— C'était il y a quatre jours dans le Rond-Pelé, expliqua Mhairie. Faolan nous avait dit que le cliquetis de tes dents l'avait gêné pendant la chasse, et nous avons voulu nous faire notre propre idée.

— Et il est convaincu que tu as fait ce bruit pendant l'épreuve du byrrgis dans le but de le perturber, continua Dearlea. C'est pour cette raison qu'il a trébuché et raté son tour lors de l'attaque finale.

Faolan n'en revenait pas. Ses yeux se remplirent de larmes, son regard s'embrouilla, et ses poils se dressèrent. Il sentit même sa queue commencer à frétiller. Il avait des amis, des amis qui parlaient haut pour le défendre et qui se dressaient à ses côtés !

— Mais je ne ferais jamais une chose pareille ! jura Heep. Jamais !

— Oh que si ! rétorqua la Sark. Je suis allée sur le lieu du meurtre et j'ai traversé un véritable labyrinthe de parfums. Vous voyez, cette brave petite louve a lutté et, malgré sa faiblesse, elle a réussi à faire couler le sang de son meurtrier. Une minuscule égratignure suffit. (La Sark tourna la tête vers Heep et inspira profondément.) J'ai retrouvé cette odeur. L'odeur de l'assassin !

Telle une étincelle crachée par le feu, un éclair jaune fendit l'obscurité du gadderheal.

— Il est parti ! cria quelqu'un.

— Tous après lui ! Formons un byrrgis !

« Oh non, pensa Faolan. Laissez-le fuir. Qu'on n'entende plus parler de lui. » Faolan n'avait aucune envie d'écarteler son ennemi. Il voulait seulement s'assurer qu'il ne le croiserait plus jamais.

Quelques heures plus tard, il fut soulagé de voir le byrrgis rentrer bredouille. Les loups avaient perdu la piste de Heep. C'était, dit un des capitaines, comme si le loup jaune avait disparu.

CHAPITRE VINGT-NEUF

L'HOMMAGE

Le jour suivant, Finbar, le cinq cent deuxième Fengo de la Ronde sacrée des volcans, se hissa sur un drumlyn d'os gravés pendant le gaddergnaw.

— Je suis devant vous aujourd'hui pour vous communiquer les noms des nouveaux membres de la Ronde, commença-t-il d'une voix basse et râpeuse.

— *Les* nouveaux membres ? murmurèrent les spectateurs, surpris.

— Oui, je vois votre étonnement. Cela n'arrive peut-être qu'une fois tous les dix ans, mais nous avons estimé que deux crocs-pointus avaient les qualités requises pour rejoindre notre petite communauté. Nous sommes peu nombreux, et le concours du gaddergnaw est très sélectif, mais la confiance qui nous unit remonte au début de notre ère. C'est une chouette qui a conduit nos ancêtres au Par-Delà lors de la Marche du Grand Froid ; par gratitude, nous avons juré de toujours protéger le Charbon de Hoole contre les ennemis des Gardiens de Ga'Hoole. L'amitié entre loups et chouettes est ancienne et nous honore.

« Les deux loups sélectionnés ne menaient pas au classement après la première épreuve, mais leurs os-histoires ont révélé un talent et une profondeur de sentiment qu'il nous a rarement été donné de voir. C'est donc avec fierté que je vous présente les nouveaux membres de la Ronde. Avance, Edme, croc-pointu de la meute de l'Ouest du clan MacHeath.

Edme chancela, étonnée et touchée. Son unique œil versa même une larme.

— Edme, tu t'étais déjà distinguée dans le byrrgis grâce à ton intelligence et à ton coup de croc infaillible lorsqu'il s'est agi d'achever la proie. Nous avons par la suite pu admirer ta grandeur d'âme. Nous avons lu ton os-histoire en contenant nos pleurs. La force de ton dessin nous a fait sentir la présence de cet œil dans le ciel qui t'accompagne et te guide comme un esprit.

Edme s'avança, la queue haute et frétillante. Le Fengo lui passa un collier autour du cou, avec un minuscule os en guise de pendentif. Quand elle atteindrait le Cercle Sacré des Volcans, elle en rongerait d'autres et les ajouterait au fur et à mesure.

— À présent, continua Fengo, l'air visiblement ému, au nom de tous les taigas de la Ronde, j'appelle Faolan, membre de la meute de l'Éboulis de l'Est du clan MacDuncan.

Une immense clameur éclata. Les cris de joie de Dearlea et Mhairie s'élevaient au-dessus des autres.

— Il a réussi ! Il a réussi !

Elles bondissaient dans les airs en battant gaiement de la queue.

Le vacarme était tel que le Fengo dut aboyer pour réclamer le silence.

— Faolan, à ton arrivée au Par-Delà, tu as été pris pour un loup atteint de la maladie de la gueule écumante. Tu as bondi par-dessus un mur de feu. Dès le début, tes gravures extraordinaires ont suscité les plus folles rumeurs. Des rumeurs ridicules, qui prétendaient que seule une créature du Monde des Ténèbres pouvait ronger de cette manière.

Finbar tourna les yeux vers le clan MacDuff, longtemps soupçonné d'être la source de ces rumeurs.

— Mais nous, membres de la Ronde, nous savons qu'un tel don est un cadeau du Grand

Loup lui-même. Ton os-histoire célèbre le dévouement d'une créature pour un petit qui n'était pas le sien. Il encourage l'amitié et la bonne entente entre les espèces qui se partagent le Par-Delà. Tu as enduré la suspicion et la cruauté comme personne d'autre avant toi. Tu t'es montré impétueux parfois et tu n'as pas toujours fait preuve de bon sens, mais ta dignité durant ces épreuves et la beauté de ta gravure ont convaincu les taigas que ce serait un honneur de t'avoir pour élève et de servir avec toi dans la Ronde.

Faolan s'approcha et pencha la tête afin de recevoir le collier. Une étincelle s'alluma devant ses yeux et l'image du motif en spirale de sa patte se mit à tourbillonner devant lui. « Cela m'est déjà arrivé, pensa-t-il. Cette sensation est si familière… »

Edme et Faolan restèrent immobiles quelques secondes, la mine incrédule, trop sonnés pour parler ou manifester leur joie. Les autres crocs-pointus se rassemblèrent autour d'eux, sincèrement heureux de leur succès.

— Allons, leur dit le Siffleur, vous pourriez montrer un peu plus d'enthousiasme !

— Je n'en reviens toujours pas, avoua Edme, la gorge nouée. Je ne suis pas sûre de le mériter.

— N'importe quoi ! dit Creakle. Avec ton seul œil, tu vois mieux que nous tous réunis, et ton os-histoire nous a remués plus que tu ne pourrais l'imaginer. Quant à toi, Faolan, nous nous sommes tous pris à rêver d'avoir eu une seconde mère de lait comme la tienne en écoutant ton récit. Quel dommage que nous n'ayons pas connu Cœur-de-Tonnerre ! Vous n'avez lu chacun qu'un extrait de votre histoire. Cette nuit, il faudra les lire en entier, d'accord ?

— C'est prévu, indiqua le Fengo. Et quelle nuit fantastique pour écouter des histoires ! Car ce soir, le Grand Loup sera de nouveau visible en entier. Il vous écoutera lui aussi.

Tous les clans et toutes les meutes étaient réunis. Quand les premières étoiles des pattes avant du Grand Loup se mirent à scintiller au-dessus de l'horizon indigo, Edme termina son récit, et Faolan entama la lecture du sien d'une voix tremblante.

— Ceci est l'histoire de ma mère adoptive, une ourse grizzly. Elle m'a appelé Faolan. Le mot *fao*, dans la langue des ours comme dans celle des loups, signifie à la fois « fleuve » et « loup ». Le mot *lan* chez les ours veut dire « don ». Elle disait que j'étais un don du fleuve. Mes tout premiers souvenirs remontent aux moments où elle me berçait entre ses grosses pattes et où, dans mon sommeil, j'entendais son énorme cœur majestueux qui cognait dans sa poitrine. C'est ainsi que, dans mon esprit, elle est devenue Cœur-de-Tonnerre.

Le conte de Faolan comprenait quatre *gwalyds*, ou couplets, un pour chaque saison qu'il avait partagée avec sa mère ourse. Quand il eut fini, un silence respectueux enveloppait l'assemblée, et tout le monde versait de grosses larmes. Un à un, les loups se présentèrent devant lui.

Liam MacDuncan vint le premier.

— Puis-je lécher ton os en guise d'hommage, Faolan ?

— Je crains, cher petit, de t'avoir traité de façon bien injuste, murmura Cathmor. Je me rattraperai à l'avenir.

— Madame, je vous demande seulement de me considérer comme un simple membre du clan MacDuncan, répondit Faolan.

— Mais tu fais partie de la Ronde maintenant, protesta-t-elle.

— Je représenterai toujours le clan Mac-Duncan. Je suis né MacDuncan et le resterai.

— Mon compagnon croyait en toi, ajouta la louve d'une voix brisée.

Faolan se garda de le dire, mais tandis qu'il recevait les hommages de ses compagnons, il continuait de sentir l'âme de Duncan Mac-Duncan flotter au-dessus de lui.

CHAPITRE TRENTE

UNE CHOUETTE AFFOLÉE

Gwynneth volait haut dans le ciel, guidée par le bruit de pas des animaux. Les nuages l'empêchaient de les voir, mais elle était sûre qu'il s'agissait de loups, au nombre de trois au minimum. Elle avait un mauvais pressentiment. Si elle le savait, la Sark se moquerait d'elle et l'accuserait d'être plus superstitieuse qu'un loup.

Lorsqu'elle traversa la couverture nuageuse, son gésier se noua. Il y avait bien trois loups : Heep, suivi de deux loups hirsutes des Confins.

Des barbares ! Pourquoi voyageaient-ils par ici ? Il n'y avait pas de gibier dans cette région à cette époque de l'année. Ils se dirigeaient droit vers l'endroit où Faolan avait enterré l'os de la patte de sa chère Cœur-de-Tonnerre. Coïncidence ou pas, Gwynneth ne souhaita pas prendre le moindre risque. Elle décrivit un virage serré dans le ciel. Et si Heep avait l'intention de se venger de la plus basse des manières ? Poussée par un vent favorable, elle vola à toute allure jusqu'au site du gaddergnaw qu'elle venait à peine de quitter.

— Tu es certaine qu'ils vont là-bas ? demanda Faolan.

— Non, mais es-tu prêt à courir ce risque ?

— Bien sûr que non.

— Dans ce cas, ne perdons pas de temps. Pars maintenant. Moi, je vais prévenir les chefs. Je sais que tu cours très vite, et il faut un peu de temps pour réunir un byrrgis. Tu seras rapidement sur place.

Faolan partit sur-le-champ. Gwynneth ne tarda pas à le suivre, pendant que le byrrgis se préparait à les rejoindre. La chouette était capable de couvrir la distance bien plus vite que n'importe quel animal terrestre, mais en baissant les yeux sur Faolan, elle fut étonnée de voir ses pattes puissantes avaler le sol. Il fendait le vent contraire comme un charbon ardent traverse un nid de feuilles sèches. « La piste doit être brûlante sous ses coussinets, pensa-t-elle. Grand Glaucis, il vole presque ! »

La lune se levait, vibrante, telle une immense bulle argentée sur l'horizon. Elle jetait une flaque de lumière éblouissante sur les lacs Salés et leurs environs. Gwynneth arriva la première et trouva Heep en train de fureter, retournant la terre avec son museau, tandis que ses deux compagnons – un mâle brun roux, l'autre tacheté de gris sombre et de marron – reniflaient autour de lui.

La chouette descendit en spirale sur Heep, les serres en extension. Elle n'avait pas l'intention de le tuer. Elle savait qu'elle était bien trop petite pour ça, et que les deux autres loups n'hésiteraient pas à l'attaquer. Mais elle pouvait lui faire peur ou, au moins, le distraire. Heep se cabra et lança ses pattes avant en l'air.

— Partez ! Fichez le camp d'ici ! cria Gwynneth. Par la moelle de Lupus, rentrez chez vous !

Les loups en restèrent interloqués. Ils n'avaient jamais entendu une chouette utiliser une expression de loup.

— Que fais-tu ici ? demanda Heep d'un ton autoritaire.

Gwynneth se posa sur un gros rocher.

— Non, qu'est-ce que *vous* faites ici ? Aucun loup civilisé ne vient là à cette époque de l'année. Il n'y a pas de gibier.

Les deux barbares grondaient tout bas. Leur puanteur était insoutenable. Ces loups étaient connus pour se manger entre eux pendant la saison de la faim, et cela leur donnait une odeur puissante que même une chouette pouvait sentir.

Les trois loups montrèrent les crocs, tendirent les oreilles et s'accroupirent en position d'attaque. Lorsqu'ils s'élancèrent ensemble vers le rocher, la chouette s'éleva en flèche dans le ciel. Comme elle regrettait de ne pas avoir apporté son seau à charbons ! « Un bon flagadant sur le dos et ils prendraient feu comme un arbre gorgé de sève à la saison sèche ! »

Puis elle distingua l'ombre de Faolan qui s'étirait sur la pente. « Ce n'est pas trop tôt ! pensa-t-elle. Il est rusé : il arrive par-derrière. » Il ne fallut que quelques secondes à Heep, cependant, pour le flairer. Le loup jaune prit la parole d'une voix sourde.

— Ah, Faolan ! Tu viens terminer la partie ?

— Elle est déjà terminée.

— Pas si je trouve les os de ta précieuse Cœur-de-Tonnerre.

Haut dans les airs, Gwynneth eut l'impression d'assister à un étrange ballet d'ombres mouvantes. Les quatre loups se déplaçaient lentement en grondant et en claquant des mâchoires.

— Laisse tomber ! grogna Heep. Renonce aux os de la femelle grizzly.

— Jamais !

— Tu as peur ? Tu as peur d'arpenter la terre sans ta mère adoptive ?

— Elle est morte.

— Et pourtant, tu n'es rien sans ses os, n'est-ce pas ?

— Tu te trompes, Heep, affirma une voix grinçante qui les fit tous sursauter.

La Sark descendait la colline d'un pas non-chalant. Elle vint se placer à côté de Faolan. Les deux barbares se préparèrent à bondir et retroussèrent les babines. Mais Faolan, loin de reculer, fit un pas, puis un autre, et un troisième, la queue haute, le regard fixe, l'expression déterminée.

Sa fourrure luisait de mille reflets argentés dans le clair de lune. Derrière lui, un nuage de brume se forma. Heep et ses alliés se mirent à trembler, absolument terrifiés. Des lochins surgissaient de la nuit – il y avait celui du chef récemment disparu, Duncan MacDuncan, mais aussi, revenu de l'origine des temps, le premier Fengo qui avait conduit les loups jusqu'au Par-Delà.

— Ne cherche pas les os de ma mère adoptive. Oublie-les et va dans les Confins. Je ne veux pas avoir ton sang sur mes pattes.

Heep et les deux barbares détalèrent sans demander leur reste. Ils s'élancèrent dans une fuite éperdue vers la frontière des Confins.

Le byrrgis arriva trop tard.

— Ils sont partis avec Heep, dit la Sark.

— Partis ? répondit Liam MacDuncan. Partis où ?

— Dans les Confins, précisa Faolan. Ne les suivez pas. Ils ne reviendront pas.

Liam MacDuncan pencha la tête d'un côté, de l'autre, et leva les yeux vers le Grand Loup dans le ciel.

— C'est étrange, mais j'ai la sensation que l'esprit de mon père est ici.

— Peut-être, murmura Faolan. Peut-être.

UNE PRIÈRE

Gwynneth retourna à sa forge, la Sark, à sa grotte, et Faolan, lui, rentra au Carreg Gaer avant d'entamer son voyage vers le Cercle Sacré des Volcans, où il serait accueilli dans la Ronde.

De retour chez elle, la Sark prit un nouveau pot à souvenirs, tout juste cuit, et murmura à l'intérieur doucement, si doucement que ses paroles étaient à peine audibles.

— Je suis un être rationnel. Je ne crois pas à la magie, ni aux brumes, ni à tout ce que ces imbéciles de loups appellent « lochins » et les chouettes, « scromes ». Mais cette nuit, alors que la Lune de l'Herbe Chantante était pleine, j'ai senti les fantômes des loups du passé. Je crois que le mâle qu'on nomme Faolan les avait invoqués à son insu. Il ignore son pouvoir, de même que la cause de cette étrange marque en spirale sous sa patte tordue. Pourrait-il être ce que les skree-leens d'autrefois appelaient une âme *gyre* ?

La Sark sortit le museau de son pot et enfonça un bouchon confectionné à partir de l'argile du Marécage par l'ouverture pour le fermer hermétiquement. Elle ne voulait pas qu'un seul mot s'en échappe. Elle attisa le feu de son foyer, fit trois petits tours sur elle-même et se laissa tomber sur sa peau de renard. Elle était épuisée. Elle écouta l'herbe qui chantait doucement dehors. Avant de s'endormir, sa dernière pensée fut, non pas pour Faolan, mais pour sa mère, Morag. Comme elle aurait été fière de ce fils qu'elle n'avait jamais vraiment connu et qu'elle semblait à présent incapable d'oublier. « J'espère qu'elle va bien et que, lorsque son heure viendra, elle connaîtra une fin paisible. »

Pour la première fois de sa vie peut-être, la Sark du Marécage adressa une courte prière au ciel. « Puisse le Grand Loup briller où elle ira. Que son voyage vers la Grotte des Âmes soit rapide et sans embûche. Et que Skaarsgard ne manque pas de l'aider à monter l'échelle d'étoiles au plus vite. »

Mot de l'auteur

J'ai souvent puisé mon inspiration dans l'histoire et la littérature. Je voudrais souligner ici ma profonde dette à l'égard de certaines de ces sources. L'ancêtre littéraire du croc-pointu Heep n'est autre que le personnage Uriah Heep, créé par Charles Dickens pour son chef-d'œuvre *David Copperfield*. Connu pour son insupportable fausse modestie et son hypocrisie écœurante, Uriah Heep est vraiment un des personnages de fiction les plus détestables qui soient.

Le discours de Duncan MacDuncan au chapitre cinq, dans lequel il explique pourquoi les loups du Par-Delà ont besoin de lois, s'inspire d'une tirade de Sir Thomas More dans la pièce de Robert Bolt, *Thomas More ou l'homme seul*[1].

---

1. Texte français de Pol Quentin. Paris, 1963. (*N.d.T.*)

L'auteur fait dire à More : « D'une côte à l'autre, ce pays est protégé par des lois, plantées les unes contre les autres, comme une forêt. Les lois de l'homme, pas celles de Dieu. Si vous les abattez – et vous êtes homme à le faire –, croyez-vous une seconde que vous resterez debout quand le vent soufflera? » (Acte I, scène 7.)

Je dois aussi beaucoup au musicien Bob Dylan. Le rythme, l'agencement des paroles et le phrasé de nombre de ses chansons et ballades ont inspiré les poèmes de ce récit. La chanson hurlée par Faolan à la fin du chapitre neuf en particulier est tirée du classique de Dylan, « The Times They are A-Changin' », ainsi que la prière de deuil de Gwynneth à la fin du chapitre douze.

J'ai toujours pensé que l'écriture n'était pas un exercice solitaire, mais une collaboration entre un auteur et le passé, à travers ce qu'il a lu, écouté et absorbé. Les épaules des géants ne sont pas réservées aux scientifiques comme le suggérait Newton[1] ; les écrivains et les artistes s'y perchent aussi. Si j'ai oublié certains

---

1. Il s'agit d'une allusion à la phrase célèbre de Newton dans laquelle il rend hommage à ses prédécesseurs : « Si j'ai vu si loin, c'est que j'étais monté sur les épaules de géants. » (*N.d.T.*)

géants dans mes remerciements, je tiens à m'en excuser.

K. L.
Cambridge, Massachusetts
Juin 2010

Découvrez dans la collection

Le Royaume des Loups

Cet ouvrage a été composé par
PCA – 44400 REZÉ

Imprimé en France par
CPI Brodard & Taupin
en mars 2021
N° d'impression : 3042890
S29390/04

MIXTE
Papier issu de
sources responsables
FSC® C003309

Pocket Jeunesse, une marque d'Univers Poche,
est un éditeur qui s'engage pour
la préservation de l'environnement
et qui utilise du papier fabriqué à partir
de bois provenant de forêts gérées
de manière responsable.

www.pocketjeunesse.fr
• POCKET JEUNESSE

92, avenue de France - 75013 PARIS